KB106499

씨앗

씨앗

김영래 장편소설

민음사

차례

지금도 내 귓전엔 그의 목소리가 들린다. 그의 입김이 내 귓불에 따스한 김이 되어 서릴 만큼 가깝게.

"어떤 고장에는 가로수로 감나무를 심은 곳이 있어. 너희들 혹시 감에 대해서 알고 있니? 감은…… 뭐랄까, 등불 같은 열매야. 밤에 보면 한지로 싸놓은 촛불처럼 환하지. 그 열매는 태양을 좋아하지만, 열매의 맛과 빛깔이 완성되는 건 서리와 얼음을 통해서야. 감나무가 가로수인 고장에선 겨울에도 감을 따지 않고 내버려둔단다. 겨우내 새들의 먹이가 되게 하기 위해서이지.

나는 많은 나라들을 여행했단다. 수많은 도시와 사막

과 섬 들을. 바나나나무와 야자나무가 가로수인 곳, 포도 덩굴이 아치를 이루고 있는 오페라 하우스, 꽃과 열매들로 불을 밝힌 정원, 오아시스, 산정의 호수들……."

그는 집시였을까? 어쩌면 그럴지도 모른다. 볕에 그을려 까무잡잡한 피부에 우물처럼 응숭깊은 눈빛, 팔과 다리가 길어 별로 큰 키가 아님에도 후리후리한 느낌을 주던 몸집, 말이 없을 때면 금방 한 움큼의 모래나 한 덩이 진흙으로 부스러지고 말 것 같은 표정을 가진 그는, 인도나 그 너머 중동, 또는 터키에서 왔는지도 모른다. 아니면, 아라비아어로 '일몰의 땅'을 뜻하는 북아프리카의 마그레브에서 리비아 사막을 거쳐 이집트에 이르는, 대상들의 옛길을 따라 이곳에 이르렀는지도 모른다. "왜 그토록 먼 여행을 하세요?" 하고 내가 물었을 때, 그는 집시들 사이에 대대로 전해 오는 이야기 하나를 들려주었다.

옛날, 아주 먼 옛날, 지구의 반대편에는 일 년 열두 달 칠흑 같은 어둠이 지배하는 나라가 있었다. 이름하여 밤의 나라. 그 나라의 왕 딜라노당은 어느 날, 지구 반대편 어느 곳엔가는 별과 달이 있고 또한 태양이 온 누리를 밝게 비추는 아름다운 나라가 있다는 소식을 접하게 되었다. 왕은 자신의 나라에 빛을 가져올 다섯 명의 용감한 기사들을 뽑았다. 만약 그들이 빛을 가져오는 데 성공한다면 왕은 그 대가로 포상금과 아울러 자신의 딸들과 결혼시켜 줄 것을 약속했다.

다섯 기사들은 지구 반대편으로 향하는 먼 여행길에 올랐다. 처음 그들이 마주친 것은 별들을 사로잡아 노예로 부리고 있는 사악한 괴물이었다. 괴물과의 치열한 싸움 끝에, 기사들은 어렵사리 별들을 괴물의 손아귀에서 해방시킬 수가 있었다. 두 번째로 그들이 맞닥뜨린 것은 머리가 다섯 달린 괴물이었다. 그는 달을 강제로 아내로 삼아 꼼짝달싹 못하게 우리에 가둬두고 있었다. 기사들은 괴물에게 달려들어 달을 구해 내었다. 달과 별은 그 즉시 밤의 나라로 가서 빛을 비추었다.

다섯 기사들은 계속해서 앞으로 나아갔다. 동터 오는 눈부신 세상이 그들의 앞길에 펼쳐지기 시작했다. 그 빛이 어디서 비롯되는 것인지 궁금했던 그들은 어마어마하게 높은 산 위에 이르렀다. 놀랍게도 그 산꼭대기엔 온갖 새들이 깃들여 노래하는 아름드리나무 한 그루가 있었고, 그 나무 우듬지엔 거대한 태양이 이글거리고 있었다. 그들은 그 빛에 깜짝 놀라 무릎을 꿇지 않을 수가 없었다. 바로 그때 황금빛 피부를 가진 태양지기 튀발카인이 나타났다. 그는 태양을 주인으로 모시는 거인이었다. 또한 그는 집시의 조상으로서, 인간에게 불 피우는 법과 쇠 다루는 법을 가르쳐준 영웅이기도 했다. 기사들은 자신들이 이곳에 온 목적을 이야기했다. 튀발카인은 빛도 없고 태양도 없는 밤의 나라 이야기를 듣자 마음이 아팠다. 그래서 그는 태양에게 간청을 올렸고, 태양은 그 즉시 지구의 반대편으로 달려갔다.

그러나 정작 자신들의 태양을 잃게 된 튀발카인의 후예들은 그 빛이 그리워 못 살 지경이 되었다. 그래서 그들은 여행을 시작했고, 해와 달과 별이 빛나는 곳이면 어디든 마다 않고 찾아갔다. 그곳이 제아무리 먼 곳일지라도. 집시들이 한군데 머물러 살지 않는 것은 바로 이 때문이었다.

"빛과 아름다움이 있는 곳이면 어디든 가야만 해."

그가 덧붙여 말했다.

"그것은 내 혈관 속의 피가 이끌어주는 흐름과 같아. 그 흐름이 지상의 길을 이루지."

지금 나는 그가 주고 간 목걸이를 손에 들고 있다. 여러 금속을 섞어 만든 듯한 은색의 둥근 목걸이. 양가죽으로 된 줄은 이미 오래전에 삭아서 없어졌다. 승려인 내 신분에 목걸이라니 가당치 않은 일이다. 서랍 속에 넣어두고 이따금 꺼내 보는 목걸이엔 수레바퀴가 새겨져 있다. 수레바퀴 전체는 빨간색이지만, 바퀴살 사이로 보이는 뒷면은 초록색과 파란색으로 양분되어 있다. 초록색은 땅, 파란색은 하늘, 빨간색은 태양을 뜻한다고 언젠가 그가 나에게 설명해 준 적이 있다. 이 얼마나 아름다운 세상인가! 이 목걸이를 나에게 건네주고 간 그 떠돌이 사내는 바로 이 지상에서 천국을 찾고자 했음이 분명하다. 세상 돌아가는 일에 관심 많고 다문한 한 스님은 목걸이의 문양이 세계집시대회 때 집시들의 상징으로 사용된 휘장과 일치한다며, 그 사내는 집시였음이 틀림없다고 말했다. 그러나 사실 그가 집시든 사당패든 무슨 상관이랴. 수레바퀴는 우리 종교뿐만 아니라 고대의 모든 문명에서 태양과 생명과 진리와 운명의 상징으로 널리 사용되어 온 것을.

제비가 돌아왔다! 이 글을 쓰면서 창밖으로 그들을 본 것 같은 느낌이 든 것은 결코 착각이 아니었다. 미닫이문을 열고 섬돌 위에 서서 그들의 모습을 확인해 보았던 것이다. 한 마리, 또 한 마리. 같은 녀석일까?…… 하늘을 색종이처럼 가위로 오려내는 듯한 저 날렵한 날갯짓! 어쩌면 보다 많은 새들이 이 고장으로 찾아들었는지도 모른다.

봄이다. 여름 철새들이 돌아오고 있다. 파종을 서둘러야겠다. 황무지에 모종을 옮겨 심고 숲 속 빈터에 묘목들을 이식해야만 한다. 오십여 년 전, 그해 늦은 가을, 그가 나에게 건네주었던 한 움큼의 씨앗들. 그 많지 않은 씨앗이 오늘 이 땅의 푸르름을 일구고 새와 곤충과 짐승 들을 이 숲으로 불러들이게 될지 누가 생각이나 할 수 있었을까. 오늘의 기쁨, 태양, 신록은 바로 그 몇 알의 씨앗에서 비롯되었다.

아름다운 길

"자, 보세요. 양지바른 자리는 다른 풀씨들에게 내어 주고 응달진 곳에 뿌리를 내리고서 잎보다 먼저 꽃을 피우는 이 이른 봄의 야생화들을."

그해, 떠돌이 사내가 우리 고장에 나타났던 해, 바로 그 무렵의 봄날 숲길에서 탄해(呑海) 스님이 들려주신 법문은 그때 겨우 여덟 살이던 까까머리 꼬마 중에게도 각별한 것이었다.

월례 법회도 아닌 날에 비상소집이라도 하듯 학승들을 불러 모은 스님은 고무신을 벗고 법당에 모인 스님들을 도로 밖으로 불러낸 뒤 돌연 숲길로 이끄셨다.

"좋은 봄날입니다!"

스님은 얼굴 가득 미소를 머금고 계셨다.

"만약 여러분들이 배우고 닦은 바를 세상이 알아준다면 여러분들은 어떻게 하겠습니까?"

혼잣말 같은 그 물음에 선뜻 말문을 여는 스님들은 없었다.

"이건 제가 드리는 질문이 아니라 어느 날 공자가 제자들에게 던진 물음입니다. 공자에겐 증점(曾點)이란 제자가 있었는데, 그가 스승에게 이렇게 대답을 했습니다. '무르익은 봄철에 봄옷을 입고 어른 대여섯과 아이 예닐곱과 더불어 기수(沂水)에서 목욕을 하고 무우(舞雩)에 올라 바람을 쐬고 노래를 부르다가 오겠습니다.' 라고. 이에 공자가 탄식하며 이르기를, 나도 점의 의견을 따르겠다고 하였지요. 공자 성인도 그러하였으니, 일 년에 몇 안 되는 이 좋은 봄날 우리도 점의 의견을 따르도록 합시다."

숲정이의 너른 길을 버리고 계곡으로 들자 서른 명이 넘는 스님들은 두 줄로 갈라져 계곡 양옆의 자갈길을 따라 걸어야 했다. 이십여 분 그렇게 골짜기를 더듬어 산턱에 이른 스님이 다시 학승들을 불러 모으신 곳엔 하얀색의 작은 들꽃들이 군락을 이루고 피어 있었다.

"우두커니 서 있지만 말고 거기 바위나 낙엽 더미 어

디고 편하게 앉도록 하세요."

골짜기 안은 서늘했다. 북쪽으로 향한 산비탈엔 채 눈이 녹지 않고 있었다. 양지바른 들판의 풀들도 아직 싹을 틔우지 못하고 있는데 숲이 우거진 산속에서 꽃을 마주하니 왠지 그 창백하리만큼 흰 빛에서 돌연 한기가 치밀어 오르는 듯하였다.

"오늘 우리는 들꽃들이 우리에게 들려주는 법문에 귀를 기울여보도록 합시다."

탄해 스님은 눈 밑에서 겨울을 난 뿌리들이 눈을 녹이고 눈석임물로 피워 올린 봄꽃들의 이름을 우리들에게 하나하나 가르쳐주셨다.

"양달보다는 응달에서, 평지보다는 비탈에서 꽃을 피우는 이 여러해살이풀들은 양달지고 기름진 땅은 자신의 터가 아니라고 생각하는 것일까요? 아니면, 양지바른 곳에서 창궐하는 식물들의 생태를 저어하며 경계하는 것일까요? 그네들의 생애 전체가 응달지고 비탈졌기에 해빙보다 먼저 생명의 신호를 감지할 수 있었던 이 봄꽃들. 노루의 귀처럼 명민하게 겨울 볕을 빨아들여 누구보다 먼저 꽃을 피우곤 봄의 첫자리를 다른 꽃들에게 내어주는 이들의 식생에서 오늘 저는 '먼저 앎'의 지혜와 무변(無邊) 허공의 마음을 읽게 됩니다."

문득 스님의 시선이 내게로 와 닿았다.

"지금 네가 만지고 있는 꽃의 느낌이 어떠하느냐?"

나는 은빛 솜털이 보송보송하게 돋은 노루귀의 꽃줄기를 어루만지고 있었다. 그것은 따스하고 부드러웠다. 그 꽃은 아름다웠고 깨끗했고 고요했다. 나는 대충 그렇게 대답했던 것 같다. 스님은 너그러운 미소로 나를 감싸며 고개를 끄떡거렸다. 그러고는 이어서 꽃이라는 아름다운 존재, 꽃을 피우는 놀라운 행위, 피어남이라는 신비로운 현상을 통해 곧바로 깨달음의 문제로 들어갔다.

"개화, 그것은 개벽입니다. 존재의 개벽입니다. 그것은 꽃을 피움으로써 스스로를 벗는 자기 탈각의 형식이자 또 다른 우화(羽化)의 형식입니다. 차원을 옮겨가고 형질을 바꾸는 형식, 출세간(出世間)의 형식입니다. 깨달음이란 무엇인가요? 단박에 칠흑 무명의 먹통을 깨뜨리고, 밝음과 어두움의 경계를 무너뜨리고, 빛과 그림자라는 분별의 잣대를 꺾어버리는 것이 아니던가요? 번뇌의 불꽃과 잡스러운 지식, 구름과 바람의 방황, 면벽의 터널, 소가 아니라 수레를 치는 허튼 채찍질, 이 모두를 단 한 번의 입김으로 날려버리고 한 송이 꽃으로 피어나는 것……."

나는 조금 전에 장경각(藏經閣)의 자료실에서 오십여 년 전에 있었던 그날의 법문을 녹음한 테이프를 찾아보왔다. 내 기억이 정확한지 알 수 없어서였다. 그러나 찾을 수가 없었다. 너무 갑작스런 숲 속 시중(示衆)인지라 원주(院主) 스님도 미처 녹음기를 준비하지 못한 탓이었으리라. 안타까운 일이다.

아무튼, 무르녹는 겨울의 끝자락에서, 생명의 조심스러운 태동에 땅이 누룩처럼 뜨고 꽃망울과 싹들의 배냇짓에 들썩들썩 천지가 발효하는 봄날에 꽃을 화두로 삼은 그 가르침은, 채혈침처럼 심장에 꽂히는 순은의 꽃들만큼이나 선연하고 적확한 것이었다.

"수행 납자 여러분, 이 봄날에 한 송이 꽃으로 피어나는 씨앗의 태동에 귀를 기울여봅시다. 대지라는 큰 부처의 아기집에서 자란 태내불(胎內佛)인 씨앗들의 옹알이에 마음을 활짝 열어봅시다. 긴 겨울 긴 밤을 겪고 피어나는 이 아름다운 꽃들 앞에서 이제 더 무엇을 의심하겠습니까? 깨달음의 아름다움, 깨달음의 향기로움, 깨달음의 무구함, 이 모두가 피어나는 이 현상 속에 깃들어 있는 것을. 이 꽃 자체가 향불(香佛)이자 향왕관음(香王觀音)이며 향법(香法)인 것을. 꽃 피어나는 법, 향기로운 깨침, 아름다운 길, 나는 이 세 가지를 오늘 여러분들에게 드립니다. 씨앗들이 나에게 준 귀한 선물을. 그러니 받고 누리고 나누십시오. 흔쾌히 받고 흐드러지게 누리고 아낌없이 나누십시오. 이것은 여러분 개

개인의 것이자 모두의 것이며, 또한 여러분의 것도 어느 누구의 것도 아니기 때문입니다."

꽃가루의 길

아름다운 길. 그 떠돌이 사내가 길고 긴 여행을 통해 우리 고장까지 흘러온 길도 아마 그러하였으리라. 뼈를 바꾸고 껍질을 벗는, 날개돋이의 길이었으리라. 언젠가 그는 우리에게 말했다.

"난 꽃가루가 뿌려진 길을 따라왔지. 나비를 좇아 산자락에 이르렀어. 모든 바람이 산을 향해 불어가고 있었어. 나는 바람과 함께 산을 올랐어. 산꼭대기에 오르자 발밑은 온통 안개의 바다였지. 그렇게 해서 나는 이 고장에 이르렀단다. 태양과 빛이 사위어가는 안개의 나라에."

또 그는 말했다.

"먼지의 길도 있었지, 얘들아. 내 눈앞의 먼지만을 보고 걸었던."

그는 우리에게 산양 이야기를 들려주었다.

"안개에 잠겨 마을에서는 볼 수 없는 이 고장의 높은 산 위엔 산양들이 살고 있단다. 양과 염소의 사촌쯤 되

는 대단히 강인한 녀석들이지. 산양은 높은 곳을 좋아
해. 또한 홀로 있길 즐기지. 날이 더워지고 혼탁해지면
산양은 여름에도 서릿발이 서고 바위 속 얼음이 터지며
산사태를 일으키는 고산 지대를 향해 오르기 시작해.
폭포와 바위 절벽들을 거쳐, 가장 늦게 봄이 들고 가장
일찍 겨울이 찾아오는 험준한 산봉우리를 향해.

　이른 봄, 내가 산을 넘어오다 마주친 놈들은 네 마리
의 산양 가족이었어. 새끼 두 마리는 태어난 지 한 달
이나 되었을까. 아주 작고 귀여운 놈들이었는데, 한 녀
석은 벌써 뿔이 돋으려는 듯 이마빼기에 작은 혹이 불
거져 있었어. 녀석들은 임금님 놀이를 하느라 정신이
팔려서 내가 나타난 것도 전혀 눈치 채지 못하고 있었
어. 너희들도 알잖아, 높은 곳을 먼저 차지하고서 으쓱
대며 상대를 곯려주는 놀이 말야. 봄볕을 받으며 쉴 새
없이 공중 뜀뛰기를 하다가 한 녀석이 먼저 언덕을 차
지하고서 아래에 있는 녀석을 놀려대던 꼴이라니. 발로
땅을 구르며 고개를 이리저리 흔들면 이에 골이 난 상
대가 냅다 뛰어올라가 머리통을 맞대고서 씨름을 하지.
온 힘을 다해 밀고 밀리는 싸움 끝에 힘이 다하면 상대
는 휙 돌아서서 다른 언덕을 찾아 뛰어가지. 그러곤 그
언덕이 제 왕국이라도 되는 양 버티고 서서 다른 놈이
하던 대로 약을 올려대는 거야. 그렇게 되면 또다시 싸

움이 벌어지지.

서로 높은 곳을 차지하려고 뛰고 부딪는 그 놀이는 인간의 손길이 미치지 않는 곳에서 세상을 굽어보며 살고자 하는 산양의 본성과도 잘 어울리는 것이야. 그들은 지구상의 모든 동물 중에서도 가장 높고 험한 곳에서 사는 동물이거든. 하지만…… 이건 잘 들어둬야 돼."

그는 눈을 반짝이며 우리들을 유심히 돌아보았다.

"제아무리 절벽을 타는 데 명수인 산양일지라도 감히 접근할 수 없는 곳이 있지. 그런데 바로 그러한 곳에 터를 잡고 살아가는 생물이 있어."

"뭐예요, 그게?"

우리가 물었다.

"바로 식물이야. 너희들은 물을 테지. 식물이 어떻게 산을 오를 수 있느냐고. 물론 그들은 여행을 못해. 그래서 씨앗을 만들어내지. 운동과 여행에 대한 갈망을 채우기 위해. 따라서 여행은 씨앗의 몫이야. 씨앗은 식물의 날개이자 꿈이지. 꽃을, 필생의 꽃을 피운 뒤에야 맺게 되는 씨앗. 그 의미를 잘 새겨두어야 해. 그리고 자기 자신을 한 알의 씨앗으로 만드는 법을 터득해야만 해. 지상의 가장 위대한 연금술사인 식물이 씨앗을 만들어내듯이 우리들 또한 자신을 씨앗으로 응축하고 저장하고 파종하는 법을 알아야 해. 살아가면서 수없이 맞게 되는 겨울을 이겨내기 위해. 완전한 침묵 속에서 거듭나기 위해. 어느 누구도 갈 수 없는 백척간두의 바위틈에서 꽃을 피워 그 향기를 산자락 아래로 흘려보내기 위해……

씨앗이 되는 것, 알겠니? 너희 존재의 씨앗이야말로 너희들의 날개란다."

어린이의 이상한 뿔피리

우리는 그의 이야기를 모두 다 이해할 수는 없었다. 그것은 너무나 낯설고 환상적인 것이었다. 그럼에도 쉬이 그의 곁을 떠날 수가 없었다. 우리는 마음속으로 발돋움을 하듯 귀를 쫑긋 세우고 그의 이야기를 들었다. 그의 목소리는 슬펐고 마음을 사로잡는 데가 있었다. 그의 두 눈은 시선이 마주칠 때면 가슴을 두근거리게 했다. 그는 자주 말끝을 잇지 못했다. 감정이 북받쳐 올라서였다. 그럴 때면 그는 바이올린을 켰다. 흥이 오르면 껑충껑충 춤을 추었고, 바이올린 선율에 맞춰 노래를 불렀다. 그 노래는 일찍이 한번도 들어본 적이 없는 노래였다. 칼로 얼음을 자르는 듯한, 또는 거대한 광석에서 한 움큼의 보석을 캐내는 듯한 바이올린 소리는 금속성의 영롱한 메아리를 가졌으며, 때로는 너무나 가볍고 재빨라 이 세상의 무게가 전혀 실리지 않은 듯했다. 그러한 선율에 맞추어 그는 읊조리듯이 노래를 불렀다.

난 미치광이, 떠돌이 마술사.
돌구름 양탄자 타고 하늘을 배회하며
슬픈 아이들을 호리지.

그는 정말 미치광이였을까?…… 그가 떠돌이였던 것은 사실이다. 그가 마술사였던 것 또한. 그의 마술은 그의 사랑이었다. 그의 꿈이 곧 그의 마술이었다.

난 미치광이, 떠돌이 마술사.
조율이 안 된 내 녹슨 깽깽이는
틀려먹은 귀들을 환청으로 써레질해
상여 소릴 축혼가처럼 달뜨게 하네.
혼례와 장례로 바쁜 어른들은
자기들의 질서가 신성한 법칙인 양 예바르지만
아이들에겐 어수선한 무료일 뿐.
내겐 다만 뒤숭숭한 하품일 뿐.

그러니 너, 고집 차돌멩이,
가시 밤송아리 빡빡머리 꼬마들아,
나와 함께 가지 않으련?
구름의 비밀 속으로 날아가
태양의 솜사탕을 따먹지 않으련?

 턱과 어깨 사이에 고정된 악기 위에서 활은 바람의 속도로 내달렸다. 때때로 그는 현을 거문고처럼 뜯거나 손으로 울림통을 두드려 작은북 소리를 냈다. 그는 바이올린과 자신의 목소리로 세상의 모든 소리를 내었고, 이 세상 것이 아닌 소리를 창조했다. 그 혼자만으로도 하나의 오케스트라를 이루기에 충분했다.

 꿈꿀 수 없는 마술사는 악기 없는 악사와 같네.
 마침내 굉장한 마술을 탄주할
 꿈의 악기야, 빡빡머리 꼬마야.
 나의 바이올린이 되어주렴.
 별들의 하프를 뜯고 명랑의 은빛 트라이앵글을 두드려주렴.
 난 미치광이, 떠돌이 마술사.
 빨간 법사 모자 너머 회색 수염뿌리 날리며
 코맹맹이 깽깽이의 슬픔을 울리지. 만약

네가 내 싸늘한 납 심장에서 피리를 불어준다면. 그리고 만약

돋을빛 자리에 있는 너의 노래로 나를 깨워

세상 모든 아이들을 제비꽃으로 피어나게 할 수 있다면.

좋을까, 얼마나 좋을까.

망각의 검은 퇴적층에서 죽은 아이들을 불러 일으킬 수 있다면.

오, 랄랄라!

내 귓전엔 지금도 그의 노랫소리가 맴도는 듯하다. 노을이 지던 언덕에서 불꽃을 뿜으며 솟구치던 바이올린 소리. 석양빛 속에서 금빛으로 출렁이던 그의 긴 머리채가 조금씩 조금씩 어두워지다 마침내 온몸이 까만 숯덩이가 되어 언덕 너머로 사라져가던 광경이 눈앞에 선연하게 떠오른다. 그의 모습이 시야에서 완전히 사라지자 우리는 그제야 꿈에서 깬 듯 화들짝 놀라 그가 사라진 쪽을 향해 달려가기 시작했다. 언덕 위에 오르자 다시금 바이올린 소리가 들려왔다. 하지만 이미 어두워진 낮은 지대의 황무지 위에 서 있는 그의 모습을 알아보기는 쉽지 않았다. 다만 그의 가벼운 춤사위에 묻어나는 감귤 빛 모래 먼지를 통해 그가 있는 곳을 짐작할

수 있을 뿐이었다.

미치광이, 난 떠돌이 마술사.
조율이 안 된 녹슨 깽깽이 타고 허공을 배회하며
귀 맑은 아이들을 호리지.
내가 구름 속을 배회하는 건
조금이라도 네가 날 잘 보게 하기 위해서야.
아이들, 슬픈 아이들은 언제나 하늘을 보거든.
그 마음, 빛의 원천인 곳. 태양의 황금 나팔에서
구름의 솜사탕이 태어나는 곳.

노래의 마지막은 황무지의 어둠 속으로 점점이 사라
져갔다. 우리의 귓전엔 바람 소리와 환청처럼 울리는
아득한 악기 소리만이 남았다. 나중에서야 제목이 '어
린이의 이상한 뿔피리'라는 것을 알게 된 그 노래의 마
지막은 다음과 같다.

그래, 알아.
꿈은 잠깐 외출했을 뿐이야.
아이들은 좀 오래 바깥에서 놀고 있을 뿐이야.
이 세상 모든 바람의 현은
가난한 악사를 기다리고 있을 뿐이야.

안녕. 닫힌 출발. 시작되지 않은 꿈이여.
망각의 퇴적층에 묻힌 부활의 마술이여.
연주되지 않은 사랑이여.

내 이름은 야카

그렇지만 우리들의 봄이 늘 그렇듯 아름다웠던 것은
아니다.

무엇보다도 나는 사원에서의 생활이 싫었다. 앞에서
도 말했듯이, 그때의 내 나이 여덟 살. 일찍 부모를 여
의고 절간에서 자란 나에게 사원은 고아원과 다를 바가
없었다. 때문에 어렸을 땐 꽤나 빽빽거리며 울어댔던
것 같다. 그때의 내 별명이 '야카'였으니 말이다. 야카
는 인도의 귀신 야차(夜叉)의 팔리어(語) 이름으로 철웅
스님이 붙여준 별명이다. 모지락스레 대들며 울어대던
꼴이 야차처럼 흉포했던 데서 기인하리라. 구족계를 받
고 '지운(志雲)'이라는 법명을 갖기까지 나는 야카로 불
리었으나, 그 뜻을 잘 몰랐던 나로서는 아무렇지도 않
았다.

야카는 내 이름이었다.

아무튼 어디를 가나 머리를 빡빡 깎은 남자들만이 우

글거리는 절간은 집단 수용소처럼 끔찍한 곳이었다. 때문에 나는 기회만 생기면 사원 밖으로 줄행랑을 쳤다. 다리를 건너 십 리는 족히 될 법한 들길을 걸어 저잣거리에 이르면 약속이라도 한 듯이 탕노와 노마를 만날 수가 있었다. 둘은 자전거를 가지고 있었다. 우리는 어디로든 이동이 가능했다. 노마와 나는 동갑내기였지만, 두 살이 많은 탕노는 키가 크고 힘이 좋았다. 탕노의 자전거 뒤에 올라타면 내겐 새로운 세상이 열렸다. 날개를 단 것 같은 기분이었다.

우리는 한나절 내내 자전거를 타고 시내 곳곳을 돌아다녔다. 시장에도 가고 공원에도 가고 기차역에도 갔다. 때로는 아주 먼 곳까지 내닫기도 했다. 우리 고장의 서쪽은 바다와 인접해 있었다. 자전거로 삼십 분 정도 달리면 갯벌이 나왔다. 그러나 정작 바다를 보려면 광활한 매립지를 따라 방조제 끝까지 가야만 했다. 가고 오고 해서 대략 네 시간은 잡아야 했다. 때문에 바다까지 가는 일은 극히 드물었다.

우리가 즐겨 가는 곳은 '난지'라는 쓰레기 매립지였다. 그곳에 가면 많은 아이들을 만날 수가 있었다. 그들은 뭔가 돈이 될 만한 것들을 주워 끼니를 잇고 살았다. 또한 그곳에는 아이들보다 많은 새들이 있었다. 갈매기, 비둘기, 까마귀가 어우러져 쓰레기장 위를 날아오를 때면 정말 장관이었다. 하지만 가까이서 보면 그다지 유쾌한 광경이 못 되었다. 새들은 하나같이 더럽고 비쩍 마른 데다 더러는 깃털이 반쯤 빠졌거나 다리를 절고 있었다. 몸의 일부가 썩어가는 놈들도 있었다. 그런 점은 아이들도 마찬가지였다. 더럽고 병들고 악취를 풍겼다.

새들은 아이들을 두려워하지 않았다. 바다에서 먹을 것을 찾을 수 없어 쓰레기장으로 몰려든 갈매기와, 유리병이나 깡통, 쇠붙이 따위를 주워 고물상에 넘기는 아이들은 서로 구하는 바가 확연히 달랐다. 그들은 서로에게 무관심했다. 싸움은 새들과 새들 사이, 아이들과 아이들 사이에서 일어났다. 그 광경은 처참했다. 싸움이 일어나면 우리는 그곳을 떠났다.

우리는 가까운 갯벌로 갔다.

지금은 이 도시의 북쪽 경계선 끝까지 물막이 공사가 끝나 시화와 우미 두 곳의 담수호만을 남긴 채 모든 갯벌이 매립되었지만, 우리들이 뛰놀던 무렵에는 간척 사업이 시의 남쪽 끝에서 시작되어 거대한 활 모양의 띠를 두르며 서서히 북쪽으로 진행되고 있었다. 그래서 우리는 갯벌이 사라진 자리에 공장과 호수가 생겨난 곳과, 갯벌이 하얀 소금 사막으로 변한 곳과 변해 가는 곳을 두루 다 볼 수가 있었다. 우리가 자주 가던 곳은 세 번째 장소였다. 물막이 공사가 완결되어 밀물과 썰물의 그 광활하던 우주적 호흡이 끊기고, 갯벌의 혈관에서 더 이상 시원(始原)의 피가 맥놀이 치지 않아 고사 직전에 이른 곳.

조개를 잡던 사람들의 발길도 끊이고 새 한 마리 날아들지 않는 그곳은 우리들만의 신나는 놀이 공간이었다.

바람의 제왕

우리는 자전거를 아무렇게나 뉘어둔 뒤 나무 꼬챙이를 하나씩 들고 갯벌로 갔다. 우리는 게를 잡았다. 물론 살아 있는 게를. 죽은 게는 지천으로 널려 있었다. 제가 살던 굴에서 기어 나와 개흙 위에서 말라죽은 조개들이 발밑에서 으스러졌다. 그중 깨끗한 놈으로는 구슬치기를 했다. 꼬막이나 바지락이 안성맞춤이었다. 대합조개는 축구공이 되었다.

살아 있는 게는 그리 많지 않았다. 우리는 이리저리 뛰어다니면서 게를 쫓거나 구멍을 파고 게를 잡았다. 일정한 시간 동안 가장 많이 잡은 사람에겐 돌아가는 길에 혼자 자전거를 타는 특권이 주어졌다.

칠게, 콩게, 밤게, 펄털콩게, 쇠스랑게, 서해민꽃게,

외짝 집게발이 위협적이던 붉은발농게……. 지금은 이 고장에서 절멸해 버린 절족동물들은 그 이름만 떠올려도 반갑기 짝이 없다.

하루는 정신없이 게를 잡고 있는데 갑자기 탕노가 말했다.

"노마, 야카, 하늘을 봐!"

우리는 하늘을 보았다. 하늘엔 수의를 입은 거대한 그림자 하나가 두 팔을 벌린 채 꼼짝 않고 떠 있었다.

"뭐야, 저게?"

"꼭…… 악마 같아."

노마가 말했다.

"저건 독수리야."

탕노가 말했다.

"독수리? 그럼 저게 새란 말이야?"

"응. 가장 큰 새지. 양이나 돼지도 물어갈 수 있다고."

"그럼 우릴 잡으러 온 거야?"

"아니. 사람을 잡아먹진 않아. 주로 시체를 뜯어먹지."

"끔찍해. 탕노, 저놈을 쫓아버려!"

노마는 무서워서 떨고 있었다. 나 또한 왠지 겁이 났다. 탕노는 망설였다. 머리 위의 그 불길한 검은 새는 허공에 못 박힌 듯 깃털 하나 옴짝 않고 우리를 내려다 보고 있었다.

"돌멩이를 던지자!"

탕노가 재빨리 돌을 집었다. 노마와 나도 따라했다. 그러나 새를 맞히기엔 역부족이었다. 돌은 포물선을 그리며 도로 떨어져 하마터면 우리 머리통이 깨질 뻔했다.

"소리를 질러, 크게!"

우리는 일제히 소리를 질렀다.

"더 크게!"

우리는 더 크게 소리를 질렀다. 그러자 이번엔 효과가 있었다. 독수리는 마치 잠에서 깬 듯 날개를 부르르 떨며 조금 아래로 내려앉는 듯하더니 갑자기 바람을 타고 한껏 높이 솟아올랐다. 그러고는 넘실거리는 듯한 몇 번의 유려한 날갯짓으로 남쪽 항만을 향해 사라져 갔다.

처음으로 독수리를, 그것도 그처럼 가까이서 마주한 경험은 너무도 강렬한 것이었다. 그 거대한 날개, 바람의 제왕 같은 비상, 올려다보는 눈을 쑤욱 빨아 당기는 듯한 높이와 고요. 그것은 쓰레기 매립지의 갈매기나 까마귀, 공원의 비둘기나 참새와는 비교가 안 되는 새였다. 만약 삶을 측량하는 삼각점이 있다면 독수리는 존재의 어떤 삼각점과 같았다고나 할까.

그날 우리는 의기소침해진 채 일찍 시내로 돌아왔다. 제압당한 느낌이었고, 기가 꺾여 낙심한 상태였다. 나는 부끄러웠다. 한편으론 어떤 뿌듯한 기운이 가슴을 데워주는 듯도 했다. 두려움이 따르는 놀라움으로 인해 한껏 움츠러들면서도 지금껏 느껴본 적 없는 경외감과 용기가 조용히 가슴속에서 싹터 올랐다고나 할까. 때문에 며칠 뒤 갯벌에서 다시 한번 독수리와 마주쳤을 때 우리는 몰라보게 달라진 우리 자신을 보게 되었다.

독수리를 쫓아가자고 먼저 제안한 것은 노마였다. 우리는 별 이의 없이 동의했다. 그러나 독수리를 쫓는다는 건 애당초 불가능한 일이었다. 머리 위에 있던 새가 한 개의 까만 점이 되어 사라지는 데에는 몇 번의 날갯짓만으로 충분했다. 우리는 그저 새가 땅 위로 내려앉기만을 기다릴 수 있을 뿐이었다.

그러한 기회는 생각보다 빨리 왔다. 그날도 게 잡기 경주로 분주하던 우리는 뭔가 귓전에서 휙, 하고 획을 긋는 듯한 소리와 함께 독수리가 그다지 멀지 않은 곳에 내려앉는 것을 보았다.

"가자!"

셋은 거의 동시에 말했다. 우리는 뛰기 시작했다. 멀리서 독수리가 눈에 띄자 우리는 발소리를 죽인 채 살금살금 걸었다. 땅에 내려앉은 독수리는 구부정한 늙은

이의 모습이었다. 놈은 뭔가를 열심히 먹고 있는 듯했다. 우리를 보자 날개를 펼쳐 몇 번 발돋움을 하더니 자세를 바로잡았다. 우리는 양손에 돌멩이를 쥐고 있었지만 선뜻 던질 용기는 없었다. 좀 더 가까이 다가가자 독수리는 앙감질하듯 힘겹게 도움닫기를 하더니 그 커다란 날개로 모래 먼지를 일으키며 날아올랐다.

우리는 독수리가 앉았던 자리로 갔다. 그곳엔 쇠기러기 한 마리가 내장이 온통 까발려진 채 죽어 있었다. 뻣뻣하게 굳은 물갈퀴나 깃털로 보아 죽은 지 꽤 시간이 지난 것 같았다.

"그만 가자."

우리는 왠지 욕지기가 치미는 기분이었다.

"쳇, 재수 없게!"

노마가 땅에다 침을 뱉었다.

독수리는 여전히 우리 머리 위를 맴돌고 있었다. 우리가 떠나자 독수리는 다시 쇠기러기 위로 내려앉았다.

나는 별 할아버지

태양은 붉은 흙 빛깔의 금속판 같았다. 저녁이면 짙은 안개가 밀려들었다. 오후가 되면서 울리기 시작한

등대의 무적(霧笛)은 막막한 벽처럼 우리의 귓전을 때렸다. 바람은 끈적끈적했고 안개 속엔 이상한 냄새가 감돌았다. 간척지 저편의 바다와, 바다 저 건너의 이름 모를 땅이 그 속에 녹아들어 있었다.

돌아가는 길은 멀었다. 탕노가 게를 제일 많이 잡아 혼자 자전거를 타고 가는 날엔 더더욱 그러했다. 노마는 나를 태우고 끙끙거리며 페달을 밟았다. 그러면서도 내게 핸들을 맡긴 적은 없었다. 안개는 우리보다 먼저 도시에 도착했다. 그 웅성거리며 흐르는 속도에서 울부짖는 듯한 짐승의 피 냄새 같은 것을 느낄 수가 있었다.

우리가 별 할아버지를 만난 것은 그러한 날들 중의 하루, 안개가 극심하던 오후의 힘든 귀갓길에서였다.

"너희들이로구나!"

안개 속에서 그림자 하나가 휙 스쳐가더니 몇 미터 앞에서 멈춰 섰다.

"서둘러야겠다. 안개가 심해지고 있어."

우리는 조금 당황했다. 몹시 친근하게 다가서는 목소리였지만, 그 목소리의 주인은 한번도 본 적이 없는 낯선 사람이었다.

"우릴 아세요?"

세 꼬맹이 중 맏이 되는 탕노가 물었다.

"그럼. 갯벌에서 게를 잡으며 놀더구나. 여러 번 보

았지."

"할아버진 어딜 다녀오세요?"

노마가 물었다.

"바다에서 오는 길이지."

"그렇게 먼 데까지 가셨어요?"

"그럼. 매일 가지."

"물고기를 잡으세요?"

"아니."

"그럼 이 낚싯대는 뭐예요?"

"그건 별을 낚기 위한 것이란다."

"……."

"난 별을 인양하고 있지."

그가 덧붙여 말했고, 우리는 이구동성으로 소리쳤다.

"별을요?!"

"오늘은 별 대신 고등어를 몇 마리 낚았지. 함께 먹으러 가지 않으련?"

대나무로 만든 그 초라한 낚싯대로 별을 낚는다는 것은 비유적인 표현일 것이다. 입을 열었다 하면 별 타령인 별 할아버지는 기인(奇人)이다 싶을 정도로 특이한 삶을 살고 있는 분이었다. 그는 언젠가 환한 대낮에도 별과 유성을 볼 수 있는 어떤 부족에 관해서 이야기해 주었다. 그러면서 자기는 이 안개 속에서도 별을 볼 수 있다고 말했다. 그에게는 텅 빈 밤하늘이 캔버스와 같았다. 그는 그 위에다 그림을 그렸고, 화폭은 상상 속의 갖은 짐승과 괴물과 영웅 들로 채워졌다. 그는 그 그림을 우리에게 주었다. 더 이상 하늘은 안개와 어둠에 점령된 식민의 공간이 아니었다.

"할아버지, 별을 보여주세요!"

한번도 별을 본 적이 없는 우리들은 보채며 그에게 매달렸다. 하늘 캔버스에 그려진 별자리들만으로는 성이 차지 않아서였다. 할아버지는 슬픈 얼굴로 우리들을 바라보았다. 한낮의 태양도 회색 유리공처럼 흐릿하게 빛날 뿐인 이 고장에서 어떻게 별을 보여줄 수 있단 말인가?

"할아버지, 별을 보여주세요! 네에?"

우리는 거듭 떼를 썼다.

조그맣고 하관이 좁은 그의 얼굴이 옹색하게 일그러졌다. 그는 하늘을 올려다보며 자기만이 볼 수 있는 별들에 시선을 던졌다. 그가 우리들을 돌아보았을 때 그의 두 눈은 젖은 미소로 빛나고 있었다.

"내일 갯벌로 오렴. 별을 보여줄 테니."

우리는 둥근 돌과 예쁜 조개껍데기들을 모았다. 두 시간 가까이 갯벌 곳곳을 누비고 다녔지만 지치는 줄 몰랐다. 할아버지는 우리가 가져다준 조가비에다 페인트칠을 했다. 어떤 것은 파란색, 어떤 것은 흰색, 어떤 것은 노란색과 오렌지색을 칠했고, 더러는 붉은색을 칠한 조가비도 있었다.

"붉은 별도 있나요?"

탕노가 물었다.

"있지. 대표적으로, 화성과 그에 맞서는 안타레스가 있단다. 붉은 별은 대체로 나이가 많고 늙은 별이야. 저물녘이면 해가 붉은색을 띠는 것과 같은 이치지."

할아버지는 우리들을 불러 모았다.

"탕노는 하얀색을 맡고, 노마는 파란색과 노란색을, 야카는 주황색과 붉은색을 맡으렴. 갯벌 위에 자리와 색깔을 정하면 너희들이 그곳에다 자기가 맡은 색의 별을 가져다놓는 거야. 알겠지? 자, 그러면 봄철 하늘의 가장 멋진 별자리인 사자자리부터 시작하도록 할까?"

별자리를 만들던 그 시간은 그 무렵 우리들이 즐기던 어떤 놀이보다 흥미로운 것이었다. 우리는 각자 가진 색깔의 조가비를 할아버지가 불러주기만을 기다리며 한껏 흥분된 기분으로 그 역사(役事)에 임했다. 마치 그 색깔이 우리 자신이고, 우리가 놓은 조가비로 말미암아 우리 자신이 하나하나의 별이 되는 것만 같았다. 우리는 진지했고 또한 엄숙했다. 우주적인 의식, 천체의 창조에 손을 거드는 것 같은 기분이었다. 우리는 더 이상 게를 잡거나 쓰레기를 뒤지며 소일하는 개구쟁이들이 아니었다.

탕노가 맡은 하얀색에 비해 주황색과 붉은색은 많지 않았으므로 나는 지금도 그 별들의 이름을 기억할 수가 있다. '외톨이'라는 뜻을 가진, 바다뱀자리의 알파르드. 전갈자리의 안타레스. 북두칠성이라고도 불리는 큰곰자리의 그 큰곰을 지키는 양치기자리, 그중에서도 '곰을 감시하는 자'라는 뜻을 가진 아크투루스. 하늘에서 네 번째로 밝은 그 별 옆에 일곱 개의 보석이 박힌 왕관자리를 놓으며 할아버지는 사계절을 통틀어 자기가 가장 좋아하는 별자리는 바로 이것이라고 말했다.

"이 왕관은 아리아드네의 것이란다. 아리아드네는 그리스의 위대한 신 디오뉘소스의 아내였지. 포도주의 신이기도 한 디오뉘소스는 결혼 선물로 이 왕관을 아내에게 주었어. 그녀가 죽자 신은 아내를 영원히 기억하기 위해 하늘에다 왕관을 올려놓았단다. 백자 빛깔의 이 맑디맑은 일곱 개의 별들은 꽃샘하는 봄밤의 추운 꽃봉오리들처럼 청백한 기운을 담고 있지. 너희들도 오늘 이 갯벌 위에 펼쳐진 별들 중에서 자신의 별이나 별자리들을 하나씩 갖도록 하렴. 나의 별, 하늘의 꽃을."

탕노는 사자자리의 일등성 레굴루스를 자신의 별로 삼았다. 노마는 북십자성이라고도 불리는 백조자리를, 나는 처녀자리의 청백색 주성(主星)인 스피카를.

"할아버진 어떻게 별을 볼 수 있나요? 하늘엔 별이 하나도 없는데요."

노마가 물었다.

"별이 없는 게 아니라 보이지 않을 뿐이지. 내가 어렸을 땐 누구나 별을 볼 수 있었단다. 대기가 이렇게까지 나쁘진 않았으니까. 하지만 언제부턴가 안개가 우리 주위를 지붕이나 벽처럼 에워싸기 시작했어. 여름의 도시는 찌는 듯이 더웠고 겨울은 겨울대로 혹독한 추위를 몰고 왔지. 그러던 어느 날……."

그는 목소리를 낮췄다. 그리고 비밀스럽게 말했다.

"이건 아무한테도 말하지 않은 건데, 너희들만 알아 두렴."

그러던 어느 날 그는 별을 보았다. 태양보다도 큰 거대한 별을.

처음에 그것은 환한 구름 덩어리 같았다. 벌이 붕붕거리는 듯한 이상한 기계음이 귓전을 에워쌌다. 대낮의 구름 속에서 별은 눈부신 빛을 뿜으며 나타났다. 그것은 흰색이었고, 잠시 후엔 초록색에서 붉은색으로 바뀌었다. 순간 주위가 적막해지더니 바람이 멈추고 바다가 잠잠해졌다. 모든 것이 부동의 정적 속에 숨을 죽였다. 타원형의 환한 구체인 별은 그렇게 바다 위에 꼼짝 않고 떠 있다가 돌연 심연 속으로 빨려들 듯 가뿐하게 수평선 너머로 사라졌다. 삼십여 년 전의 일이었다.

"그것은……."

할아버지의 음성은 전율에 싸여 있었다. 그는 감전된 듯 부르르 몸을 떨었다.

"그것은 어린 시절 이후로 내가 본 유일한 별이었어. 지금까지 내가 본 어느 별보다도 크고 눈부신 별이었어. 마치 어린 시절 이후로 내게서 멀어져간 별들이 한꺼번에 되돌아온 듯한 기분이었지. 아니, 그것은 사실이었어. 그날 이후로 별들이 내게로 되돌아왔으니까. 그날 이후로…… 그래, 난 별을 볼 수 있게 되었어. 안개 속에서도, 또한 밝은 대낮에도."

땅 위의 별들

그가 본 것은 UFO였을까? 외계인들이 타고 다닌다는

비행접시 말이다. 할아버지는 그 별이 뿜는 강한 빛으로 인해 자신의 배꼽 주위에 생긴 갈색 반점을 우리에게 보여주었다. 그것은 다이아몬드 모양이었다.

모를 일이다. 할아버지로부터 그 이야기를 들은 뒤로 우리 세 꼬마들의 머릿속에서는 UFO 생각이 떠난 적이 없었다. 우리는 우리 자신이 선택한 '나의 별'이 바로 그 미확인 비행 물체이기라도 한 것처럼 끊임없이 그 이야기 주위를 맴돌았다. 이런 식이었다.

"UFO는 사람을 잡아간대."

"미국엔 UFO를 타고 금성과 화성에 갔다 온 사람이 있대."

"UFO를 본 사람은 미쳐버리거나 병들어 죽는다던데?"

"아냐. 외계인들은 지구인보다 착하고 영리하대. 그래서 지구가 금성처럼 뜨거워질까 봐 걱정이래."

"화성엔 외계인과 함께 사는 지구인들이 억수로 많대."

"예수는 외계인이었대. 부처도, 성모 마리아도."

"아빠가 그러는데, UFO를 본 사람들은 약물 중독자거나 정신병자들이라던데?"

"그럼 별 할아버지가 정신병자야?"

"이집트 피라미드를 만든 건 외계인이래. 그래서 사

람들이 매일 그곳에 모여 UFO를 기다린다나."

"러시아에선 추락한 UFO와 외계인 시체를 보관하고 있대."

"지구가 멸망하는 날엔 UFO가 우리를 구해 주러 올 거래. 굉장하지 않아? 우리가 비행접시를 타고 은하계 저편의 다른 별로 살러 간다는 건."

UFO. 그 무렵 그것은 안개 속에서 떠오른 눈부신 태양이었다. 안개를 삼키고 파란 하늘을 토해 내는 천상의 용, 우리의 희망과 몽상의 북극성이었다.

할아버지는 갯벌 위에 펼쳐놓은 조가비와 돌의 별자리들을 밤에도 빛을 내는 발광 도료로 칠해 놓았다.

그날 우리는 그 옆에 앉아서 어둠이 내리기를 기다렸다. 돌아가서 늦은 귀가로 혼꾸멍이 날 일이 걱정되지 않았던 것은 아니었다. 하지만 그깟 두려움에 체념할 성질의 기다림이 아니었다.

마침내 밤이 왔다. 안개와 어둠으로 흉흉했던 그 광막한 갯벌. 아, 그런데 어둠 속에서 빛을 발하는 것이 있지 않은가! 어둠 속에서, 바로 그 어둠 속에서만 빛나는 것이 있지 않은가! 어두우면 어두울수록 더욱 선연해지던 그 빛!

별들. 그것은 땅 위의 별들이었다. 땅 위에 떠오른

별들이었다. 땅이 곧 우리의 하늘이었다. 그곳에는 별들이 가득했다.

낙원의 새들

별 할아버지는 점쟁이 할아버지와 함께 살았다. 점쟁이 할아버지는 장님이었다. 두 사람은 쓰레기 매립지와 갯벌 가는 길이 나뉘는 길목의 허름한 판잣집에서 살았다. 두 노인은 절친했지만 별로 말이 없었다. 우리는 일주일에 한 번, 매주 목요일에 장님 할아버지의 심부름을 했다. 시장에서 물건을 받아오는 일이었다. 자전거가 있었으므로 어렵지 않은 일이었다. 어떤 날은 쌀을, 어떤 날은 야채를, 어떤 날은 과일이나 고기를 싣고 왔다.

도심에서 조금 떨어진 낙원동은 한갓진 곳이었다. 그곳엔 공원이 하나 있었고 극장이 하나 있었다. 공원은 온통 노인들로 북적거렸다. 양로원 같았다. 공원엔 또한 비둘기들이 많았다. 공원 옆 극장의 이름은 '허리우드'였지만, 그곳에 호랑가시나무가 있었는지 어땠는지는 알 수가 없다. 극장은 상가 건물과 붙어 있었고, 그 건물에는 악기를 전문으로 파는 가게들이 즐비했다. 기타, 색소폰, 호른, 플루트, 피콜로, 첼로, 하프 등 없는 것이 없었다. 금색 은색의 금관악기들과 멋진 장식의 변조관(變調管)이 달린 목관악기들은 황홀한 눈요깃감이었다.

상가 뒤쪽은 시장이었다. 낙원시장 한 귀퉁이에 간판도 없는 잡화점이 하나 있었는데, 그곳이 바로 우리의 목적지였다. 점쟁이 할아버지가 부르던 대로 우리끼리도 '박씨 아저씨'라고 일컫던 박씨가 그 가게의 주인이었다. 우리가 가면 그는 먼저 땅콩 한 줌씩을 집어주었다. 그러곤 미리 싸놓은 종이봉투 하나를 자전거 뒤에다 묶었다. "오늘은 시금치와 콩나물을 좀 샀단다.", 어떤 날은 "감자와 양파를 한 구럭씩 담았다.", 이것이 그가 우리에게 하는 말의 전부였다.

그는 산전수전 다 겪은 사람의, 메마르지도 그렇다고 넉넉하지도 않은 무심함을 지니고 있었다. 그 점은 빗질이 되지 않은 그의 두리벙한 머리와, 어떤 때는 면장갑을 한 손에만 낀 채 구무럭거리는 몸짓에서 잘 드러났다. 그는 점쟁이 할아버지와는 사돈의 팔촌도 아닌 사람이었다. 그런 그가 왜 어른 공양하듯 꼬박꼬박 끼닛거리를 챙기는 것일까? 우리가 물었을 때 그의 대답은 간단했다.

"신세진 일이 있어."

비둘기에 대한 그의 남다른 사랑에 관해 그 까닭을 물었을 때도 마찬가지였다.

"비둘기는 올리브나무 잎사귀를 물고 왔어."

「창세기」에 나오는 대홍수 이야기를 염두에 두고 하는 말이리라. 그는 가톨릭 신자였다.

공원의 비둘기들은 날이 저물면 모두 박씨에게로 왔다. 그의 잡화점은 그의 거처이기도 했는데, 건물의 옥상은 온통 비둘기 집으로 채워져 있었다. 그가 직접 나무로 짠 새집은 오층으로 이루어져 있었다. 가히 비둘기 아파트라고 할 만한 것이었다. 그는 말했다.

"비둘기들이 성질이 포악하고 잔인하다고들 하지만, 그래도 비둘기들은 태양에 인사할 줄을 알아. 온종일 앉은뱅이 새처럼 땅바닥만 보며 먹을 것을 찾아 뒤뚱거리지만, 해 질 무렵이면 그게 아냐. 무리 지어 드넓게 포물선을 그리며 도심의 하늘을 선회하지. 태양에게 인사를 보내는 거야. 비가 오거나 흐린 날일지라도 말이야. 주림과 포식의 갈림길에서 아귀 같은 집착을 끊을 수는 없지만, 그래도 근근이 이어온 오늘 하루도 축복이었음을 알고 있는 거지. 숨을 틀어막는 공기, 매연, 악취, 사람들의 천대와 쥐와 도둑고양이와 갖은 질병에도 불구하고 말야."

비둘기에 대해 말할 때의 그의 달변은 주목할 만한

것이었다. 그는 비둘기가 죽으면 공원의 가로수 아래 묻고 돌을 하나 올려놓았다. 해가 갈수록 죽어 나가는 비둘기의 수는 점점 더 늘어나고 있었다. 반면에 새로 태어나는 비둘기의 수는 줄어들었다. 그러다 보니 비둘기 아파트에는 주인 없는 빈집이 늘어만 갔다. 그 점이 그에겐 한걱정이었다.

"비둘기들이 죽어가고 있어. 그건 우리들 또한 죽어가고 있다는 것을 의미해."

그는 낙원동이라는 이름에 걸맞지 않게 지저분하고 퇴락한 동네에서 그나마 낙원의 이미지를 상기시켜 주는 비둘기들에게 '낙원의 새들'이라는 아름다운 이름을 붙여주었다.

해 질 무렵 우리는 낙원동의 공원에서 비둘기들이 선회하는 광경을 지켜본 적이 있었다.

문득 올려다본 하늘엔 십여 마리의 비둘기들이 모습을 드러내었다. 처음에 그것은 조용한 뜀뛰기, 숨쉬기와 같았다. 빌딩 숲을 헤치며 새들은 자동차들과 사람들이 뒤엉킨 도로 위를 천천히 맴돌았다. 빌딩들에 가려졌다 다시 나타날 때면 그 무리는 눈에 띄지 않게 조금씩 늘어났다. 몇 바퀴 비상이 거듭될수록 선회의 동심원은 커져갔다. 그것은 하늘에 던져진 파문과 같았다.

대기의 흉곽이 넓어졌다. 바람이 자신의 폐활량을 되찾았다. 뭔가 조용히, 차근차근, 끊임없이 증폭되고 고조되는 느낌이 진앙의 중심에 자리 잡았다. 원심력이 극에 달하면 비상에 엄청난 속력이 붙었고, 동심원은 더더욱 커졌다. 선회하는 무리 또한 커졌다. 원무의 층은 두껍고 빽빽해졌다. 어디서 그 많은 비둘기들이 모여들었는지 의아할 정도였다. 새들은 하늘의 축에 동아줄을 매단 회전그네와 같았다. 허공을 가르는 날갯죽지의 근육과, 맞은바람에 저항하는 가슴살의 떨림이 고스란히 느껴졌다. 그렇게 새들은 도심의 상공을 날았고 하늘은 서서히 어두워졌다. 이윽고 가로등이 켜지고 빌딩들이 불을 밝혔다. 새들은 어느새 사라지고 없었다.

휘발성의 여린 빛이 허공을 감싸고 있었다.

타로 카드

점쟁이 할아버지는 카드 점을 쳤다. 어찌 보면 그것은 모순된 행위였다. 그는 장님이었으니 말이다. 예언가가 장님이라는 건 납득이 가지만 장님이 관상을 본다거나 새점을 친다는 건 부조리한 일이 아닐까. 어쨌든 별 할아버지의 친구인 장님 할아버지는 카드 점을 쳤다.

"눈으로 볼 수 있었던 젊은 시절엔 눈으로 볼 수 없는 것을 통해 과거와 미래를 읽었지. 하지만 이렇게 장님이 되자 눈으로 볼 수 있는 것의 예시력이 느껴지더군. 세상은 하나의 수레바퀴, 또는 맞물려 돌아가는 수많은 톱니바퀴와 같고, 거기엔 우연이나 눈속임 따윈 존재할 수 없는 것이니까."

나는 그렇게 아름다운 카드는 처음 보는 것 같았다. 가로 오 센티미터 세로 십 센티미터쯤 되는 카드 안엔 손으로 직접 그려 넣은 정교한 그림들이 있었다. 어떤 카드엔 사람이나 동물, 반인반수의 생물체가 있었고, 해와 달이나 별자리, 또는 이상한 기호들로만 채워진 카드들도 있었다. 할아버지는 우리가 가면 카드 한 장을 건네주며 그 속에 무엇이 그려져 있는지 말해 보라고 했다. 그러고는 그 카드에 새겨진 상징들의 깊은 의미를 곰곰이 되새겨보는 것이었다. 하지만 한번도 그 뜻을 입 밖에 낸 적은 없었다. 손님이 들면 우리는 나가 놀아야 했다.

할아버지가 사는 곳은 워낙 외진 장소인지라 사람들이 많이 찾지는 않았다. 할아버지의 도움이 필요한 사람들은 쌀이나 밀가루, 채소 등 자기들의 형편대로 복채를 두고 갔다. 대체로 여자들이 많았다. 돌아갈 때의 그들의 표정은 편안해 보였다.

별 할아버지가 일찍 돌아오는 날이면 우리에겐 즐거운 간식이 주어졌다. 고등어였다. 물론 그가 얼마나 잡아오느냐에 따라 그 양은 일정하지 않았다. 하지만 아무리 보잘것없는 어획일지라도 우리 몫이 주어지지 않는 날은 없었다.

"맨날 고등어군."

물고기의 배를 갈라 내장을 빼내고 석쇠 위에 올리자 그 냄새를 맡고 점쟁이 할아버지가 말했다.

"그도 변변찮다네. 고등어마저도 이 바다를 떠나고 있어."

칼집을 내고 소금을 쳐서 구운 고등어를 한 마리씩 접시에 담아 건네주며 별 할아버지는 무겁게 한숨을 내쉬었다. 그는 몹시 피곤해 보였다. 그의 피부는 소금물에 전 나무토막 같았고, 검푸른 반점들이 얼굴을 덮고 있었다. 수세미처럼 뻣뻣한 백발 아래서 동공이 보이지 않는 떼꾼한 눈이 석유곤로의 심지를 골똘히 응시하고 있었다. 그의 피로는 전염성이 강했다. '할아버진 오늘도 자신의 별을 보지 못한 거야.' 하고 나는 생각했다. '그래서 저처럼 지치고 슬픈 거야⋯⋯.' 이것은 나만이 아니라 우리 모두의 생각이었을 것이다.

하루는 돌아가는 길에 노마가 말했다.

"너희들 이거 좀 볼래?"

그러면서 그가 주머니에서 조심스럽게 꺼낸 것은 타로 카드였다. 우리는 깜짝 놀라 제자리에 멈춰 섰다.

"너, 이거 훔쳤구나?"

탕노가 기겁을 해서 소리쳤다. 노마는 대답을 하지 못했다.

"어떻게 그럴 수가⋯⋯."

노마는 우리의 반응이 너무 거칠게 느껴진 듯 울먹울먹한 표정이 되었다.

"한 장이야. 딱 한 장일 뿐이라고. 할아버진 일흔여덟 장이나 가지고 있는걸. 그리고 내가 한 장을 가져갔다는 것도 모를 거야."

그러더니 다시 머뭇거리며 말했다.

"몰래 돌려놓을 수도 있어. 내일이라도."

어쨌거나 나는 노마가 훔친 카드를 좀 자세히 보고 싶었다. 그 점은 탕노도 마찬가지였다. 우리는 길가에 서서 그 카드를 살펴보기 시작했다.

"와, 멋진걸! 배도 있고 칼도 있어. 게다가 이건 뭐야? 달이야, 달걀이야?"

"그래도 이건 안 돼!"

카드를 낚아채며 탕노가 말했다.

"내일 당장 돌려드려. 네가 할 거야, 아니면 내가 말씀드릴까?"

노마는 얼굴이 빨개지도록 두 볼을 부풀리며 수치심에 어깨를 떨었다.

"말해, 어서!"

"네가 해. 난 못해."

그예 노마는 울음을 터뜨리고 말았다.

이튿날 탕노는 할아버지에게 자초지종을 설명했다. 할아버지는 묵묵히 듣기만 했다.

"노마야, 이리 오렴."

찻종지에 담긴 갈색의 차를 한 모금 마신 뒤 할아버지가 말했다. 불호령이 떨어질까 방 한쪽 구석에 웅크리고 있던 노마는 뜻밖의 부드러운 목소리에 쭈뼛해져 고개를 들었다.

"이리 와서 앞에 앉거라."

노마가 다가가자 할아버지가 말했다.

"네가 가져간 카드 속의 그림을 이야기해 주겠니?"

"네."

노마는 짐짓 볼멘소리로 카드의 그림을 설명했다. 그러나 몇 마디 이어지기도 전에 할아버지가 그의 말을 가로막았다.

"아주 먼 여행을 하겠구나. 밤바다를 건너는 아주 먼 여행을."

할아버지의 목소리는 꿈꾸는 듯했다. 닫힌 눈꺼풀 뒤에서 영상이 살아 꿈틀거리는 듯 눈 주위로 미세한 떨림이 퍼져나갔다.

"여행의 길잡이 수성이 너를 이끌고 있어. 어쩌면 다시는 돌아오지 못할 수도 있지만, 너 자신의 힘으로 알 속의 새를 부화시켜야만 해. 새는 다른 세상에서 오는 자. 여섯 자루의 칼이 붉은색의 알을 육등분하고 있어. 육분의(六分儀)는 항해와 측량의 도구. 여섯은 또한 천지창조의 숫자지. 돛에 그려진 기호는 점성학에서 사용하는 수성과 물병자리. 수성이 물병자리에 들었으니, 밤이 새벽으로 바뀌고 먼 바닷길이 열렸구나……."

역, 부두, 어시장

노마의 아버지는 부자였다. 해운업에 종사하는 그는 0001번에서 9819번까지 이어지는 컨테이너를 가지고 있었다. 남항(南港)의 제1부두에서 제12부두에 이르기까지 어느 곳에서나 노마 아버지의 컨테이너를 볼 수 있었다. 그는 개인 소유의 화물선도 한 척 가지고 있었는데, 그 배는 멀리 뉴질랜드나 브라질까지 화물을 싣고 갔다. 노마의 카드에 배가 등장한 것은 우연이 아니었다. 먼 여행도 그에겐 불가능한 일이 아니었다. 한번도 이 도시를 떠난 적이 없는 탕노와 나는 노마의 여행 운수를 진심으로 부러워했다.

도시의 남쪽에는 부두와 어시장이 있었다. 부두에 하역된 화물들은 도시 외곽 순환도로를 타고 곧바로 이웃 도시로 운송되거나, 해안도로를 따라 즐비하게 늘어선 물류 창고들 속에 집하되었다. 그곳에서는 어느 것도 멈춰 있는 것이 없었다. 화물 전용도로에서는 굉음을 내지르며 트레일러트럭들이 질주했고, 화물 터미널과 컨테이너 집하장에서는 수많은 트럭들이 쉴 새 없이 들어갔다가 빠져나오곤 했다. 야산 아래에 층층이 쌓아놓은 색색의 컨테이너들은 멀리서 보면 아름답기까지 했다. 아파트 단지가 있듯이 식물의 단지, 꽃 단지가 있다면, 컨테이너 단지 또한 평화로운 공생체처럼 여겨졌다.

기차역은 도시의 중심에 있었다. 먼 나라에서 국경을 넘어 이름도 알 수 없는 무수한 도시들을 거쳐 철마는 우리의 도시에서 질주의 종지부를 찍었다. 종착역인 것이다. 다른 주요 도시에서 많은 승객들을 부려놓고 난 뒤인지라 정작 우리 도시의 역에서는 내리는 사람이 많지 않았다. 열차들은 오직 쉬기 위해서 우리 도시를 찾는 듯했다. 역에서 빠져나온 한 줄기 지선(支線)은 남서

쪽으로 휘우듬히 돌아 항구로 이어졌고, 검은색의 화차
들이 밤낮없이 덜컹거리며 그 위를 지나다녔다. 우리는
바로 그 철길을 따라 부두로 갔다.

　멈춰 있는 것은 사람들이었다.

　인근 섬의 가두리 양식장에서 출하된 물고기가 전부
인 어시장은 별로 볼 것이 없었다. 그곳엔 물고기 내장
을 놓고 싸우는 갈매기와 비둘기들이 있었고, 대낮에도
살찐 쥐들이 우글거렸다. 폐유와 쓰레기가 둥둥 떠다니
는 바닷물은 더러웠다. 개와 고양이가 쓰레기통을 기웃
거렸다. 우리가 자주 가는 곳은 소도라는 섬과 연륙교
로 연결된 해안의 방파제였다. 그곳에는 어디나 버려진
드럼통이 한두 개쯤 있었고, 그 속엔 기름 찌꺼기나 콜
타르 같은 것이 담겨 있었다. 우리는 드럼통에 불을 붙
인 채 갖은 쓰레기를 주워와서 태우며 놀았다. 특히 겨
울엔 춥지 않아서 좋았다.

　연륙교 아래엔 늘 많은 사람들이 모여 있었다. 일자
리를 잃었거나 오갈 데 없는 노숙자들이 대부분이었다.
그들은 방파제에 앉아 다리 아래로 드나드는 배들을 바
라보거나 소주내기 화투를 치며 소일했다. 술에 취한
사람들 사이에서 이따금 싸움이 벌어지기도 했다. 하지
만 기력도 배짱도 쇠한 그들인지라 무력한 욕지거리만

이 난무했다. 사람들은 서로에게 무관심했고, 오갈잎병이 난 나뭇잎들처럼 추레하고 군색스러웠다.

이따금 개들이 그곳을 지나갔다. 개들은 꼬리를 말고 멀찌감치 서서 힐끔힐끔 사람들을 살폈다. 잃어버린 주인을 찾는 듯이 근심스런 표정이었다. 하지만 개들이 머물 곳은 없었다. 개들은 끊임없이 떠돌아다녔다. 그들은 겁에 질려 있었고, 우리 같은 아이들조차 두려워했다. 그들은 취객들이 지려놓은 오줌 자국에 코를 들이대 보고는 저 역시도 오줌을 지려놓고 총총걸음으로 사라졌다.

그곳에서는 오직 사람들만이 멈춰 있었다.

제13부두 항만 공사가 진행 중인 남항의 한쪽에는 작은 호수가 하나 있었다. 흙으로 바다를 메워 나가다 매립지 한가운데에 우연히 생긴 호수였다. 깎다 만 머리 같은 그 호수에는 물고기들이 살았다. 많지는 않았지만 해거름엔 은빛 비늘을 반짝이며 폴짝폴짝 뛰어오르는 품이 아름다웠다. 바다를 잃어버린 물고기들에게 호수는 수족관이나 어항에 지나지 않았다. 몇몇 사람들이 낚싯대를 들고 와서 낚시를 했다. 물고기들은 좀처럼 미끼를 물지 않았다. 입질조차 하지 않았다. 개중에는 돌멩이나 소주병을 던지는 사람들도 있었다. 담배꽁초

와 비닐봉지가 물 위로 둥둥 떠다녔다.

어느 날 덤프트럭 몇 대가 흙을 싣고 왔다. 흙은 호수 주위에 산더미처럼 쌓였다. 철근이 박힌 폐 건축자재도 있었다. 포클레인 한 대가 왔다. 포클레인은 침착하게 호수를 메우기 시작했다. 낚시를 하던 사람들이 빙 둘러서서 그 광경을 지켜보았다. 한 조각 바다였던 그 호수는 한낱 물웅덩이에 지나지 않았다.

노마의 아파트

"우리 아빠는 코를 많이 골아. 엄마가 그러는데, 아빠 몸속에 있는 돼지 심장 때문이래. 몇 년 전에 아빤 심장이 안 좋아 돼지 심장을 달았거든. 그래서 그런지 코를 골 땐 꼭 돼지 같아."

노마의 아파트엔 신기한 것들이 많았다. 우리는 돼지 심장을 단 노마 아빠와 엄마가 없는 때를 틈타 그곳에 놀러 가곤 했다. 노마는 으스대며 냉장고에서 먹을 것을 잔뜩 꺼내놓곤 이리저리 우리들을 데리고 다녔다. 육십 평이 넘는 아파트 안은 미궁 속 같았다. 엄청나게 많은 벽과 문이 앞을 가로막았다. 문을 열고 나가면 또 문이 나왔고 벽을 지나면 또 벽이 다가섰다. 화장실을 찾기란 여간 어려운 일이 아니었다.

공기 청정제를 통해 실내에 공급되는 공기 속에선 레몬이나 알로에 향기가 났다. 물은 정수 시설을 거쳐 신선한 온도를 유지했고, 목욕물도 그냥 수돗물을 쓰지 않았다. 반딧불이와 야광충의 발광 유전자를 이식한 화분들도 있었다. 커튼을 치고 불을 끄고서 들여다보면 나무들이 반짝반짝 빛을 발했다. 어떤 것은 완두콩 빛깔이었고 어떤 것은 파란 별빛을 뿌려놓은 듯했다. 벌레를 잡아먹는 화분도 있었다. 끈끈이주걱과 같은 식충 식물의 유전자를 이식했기 때문이었다. 파리나 모기는 그 식물이 알아서 처치해 주었다.

하지만 뭐니 뭐니 해도 우리를 가장 매혹시켰던 것은 컴퓨터 게임이었다. 특히 우리는 그 무렵 '프런티어'라는 게임에 심취해 있었다.

프런티어는 말 그대로 개척자에 관한 게임이었다. 서부 영화에 나오는, 카우보이모자를 쓴 주인공은 우리들 자신이었다. 우리는 아마존 열대림을 개간해서 경작지로 만들었다. 그곳에 전초 기지를 구축한 다음 우리는 서서히 원시림의 한가운데로 나아갔다. 우리에게는 총이나 칼과 같은 무기와, 톱이나 도끼 같은 연장이 기본적으로 주어졌다. 개간한 땅이 넓어지면 우리는 그 땅을 팔아서 기관총이나 다이너마이트를 샀다. 폭탄이 생기면 우리의 힘은 막강해졌다. 금광을 개발해 금을 캐낼 수도 있었다.

하지만 거기까지 도달하기 위해서는 엄청난 위험과 싸움을 감내해야만 했다. 악착같이 자라나는 풀과 나무들과 싸워 땅을 지켜야 했고, 독사와 악어, 아나콘다와 재규어로부터 생명을 지켜야 했다. 열대림 속엔 무서운 곤충들도 많았다. 독충들의 독은 치명적이었다. 파리나 모기도 무시할 수 없는 적이었다. 거기다가 원주민들과의 끊임없는 교전이 뒤따랐다. 인디오라고 불리는 미개인들은 벌거벗은 채 독침을 쏘았다. 위장술의 명수인 그들이 푸른 물감을 온몸에 바르고 다니면 숲과 전혀 구분이 되지 않았다.

이 모든 악조건과 악천후를 이겨내며 우리 개척자들은 고독하게 전진해 나갔다. 사금을 채취하거나 금광 개발에 성공하게 되면 깜둥이 노예들을 살 수 있었다. 그쯤 되면 우리의 안전은 보장이 되었다. 우리는 노예들을 시켜 숲을 모조리 없애고 제초제를 뿌려 식물들의 씨를 말렸다. 그래야만 번식력이 뛰어난 거대 공룡 같은 열대림의 위협으로부터 완전히 벗어날 수가 있었다. 또한 그래야만 우리가 전초 기지로 돌아갈 때 무사한 귀환이 보장되었다. 그러나 귀환보다 중요한 것은 숲 속 어딘가에 숨겨져 있는 황금의 도시 엘도라도를 찾아내는 일이었다. 우리가 아마존에 와서 생고생을 하며 사투를 벌이는 것은 그 때문이었다.

엘도라도. 그곳은 지상의 천국이었다. 그곳에 이르면 우리는 지상 최고의 왕으로 등극할 수가 있었다. 천국의 왕이 되는 것이었다. 우리가 온몸에 금을 칠하고 호수에 배를 띄우면 호수는 황금빛으로 빛났다. 바로 그 황금의 호수에서 우리는 황금을 물처럼 퍼서 쓸 수가 있었다.

하지만 거기까지 이른다는 것은 우리에겐 거의 불가능한 일이었다. 딱 한 번 노마가 성공한 적이 있었다. 그러나 대개는 길을 잘못 든 선발대가 실종되거나, 질병과 숲과 인디오와 짐승들과 악전고투하다 운신하기 힘들 정도로 지쳐서 최후를 맞는 것이 고작이었다.

고로쇠나무 껍질 걸망 속에 든 씨앗

게임에 빠져 있다 보면 우리는 시간 가는 줄 몰랐다. 그러다 갑자기 초인종이 울리면 우리는 컴퓨터 속의 현실과 아파트라는 공간 사이에서 망연하게 생각을 더듬어야만 했다.

"엄마야!"

마침내 노마가 소리쳤다.

"엄마가 왔어!"

노마의 엄마는 탕노와 나를 좋아하지 않았다. 탕노는 가난했고, 나는 고아인 데다 중놈이었다. 노마의 아빠 역시 우리를 싫어했다. 우리와 놀다가 들키면 노마는 혼쭐이 났다.

하지만, 앞에서도 말했듯이, 아파트 안은 넓었고 방도 많았다. 숨을 곳은 얼마든지 있었다. 안방은 그야말로 집안의 맨 안쪽에 있었고, 노마의 엄마가 그곳에 들어가고 나면 우리는 문간방에 숨어 있다가 신발을 들고 살며시 빠져나왔다.

"가면서 먹어."

문을 닫으며 노마는 우리에게 과자를 던져주는 것을 잊지 않았다.

노마네 집에서 돌아올 때면 탕노가 절 입구까지 나를 태워다 주었다.

사원은 큰 하천에 의해 도심으로 이어지는 세속의 땅과 분리되어 있었다. 또한 사원은 동문과 서문 두 개의 출입구를 가지고 있었는데, 동문 쪽으로는 손수레 하나 정도는 건너다닐 수 있는 반월형 돌다리가 놓여 있었다. '화엄교'가 바로 그것이었다. 서문은 사원의 후문이었고, 거기로는 두 줄기 통나무를 엮어 만든 나무다리가 초라하게 놓여 있었다. '도피안교(到彼岸橋)'였다. 나는 그 다리를 좋아했다. 물론 정문으로 드나들면 스님들과 자주 마주쳐야 되는 불편함을 피하기 위해서이기도 했다.

다리 옆에는 '도피안교'라는 제목의 시 한 편이 나무판 위에 적혀 있었다. 철웅 스님이 붓으로 쓴 시였다.

홀몸 그림자 위에 외나무다리 놓고 골짜기를 건너간 사람

고독짐도 무거워 고무신 한 짝 벗어놓고 가야 했으리

떠돌이 사내를 만난 그날도 나는 도피안교를 건너 서문 쪽으로 걸어가고 있었다. 해 질 무렵이었다. 종일 노느라 고단했고 배도 고팠다. 큰스님한테 꾸중 맞을 일이 은근히 걱정스러웠다. 발걸음이 무거운 그 시간은 내겐 징역 같았다.

무심코 서문을 들어서려는데 누군가 사원 담벼락에 우두커니 서 있는 것이 눈에 띄었다. 내가 돌아보자 그는 머리를 조아리며 합장을 했다. 먹물 옷을 입었다고 어린 나에게도 깍듯한 스님 대접이었다. 엉겁결에 나도 합장을 했다. 그러곤 뒤도 안 돌아보고 사원 안으로 들

어서는데, 왠지 그 사내의 옷차림이나 몸가짐이 발길을 잡아채는 느낌이었다. 나는 냉큼 돌아서서 그에게로 갔다.

"마침 공양 시간인데 공양간에서 식사라도 함께하시지요."

사내는 갑작스런 초대가 뜻밖인 듯 두 눈을 깜박거렸다. 얼굴에는 미소가 가득했다. 말없는 그 환한 미소는 대답이 필요 없는 것이었다. 우리는 함께 사원 안으로 들어갔다.

사실은 나도 나름대로의 계산이 있었다. 이 낯선 사내와 함께 온 나를 보고 그 즉시 내 잘못을 나무라실 스님이 아니었던 것이다. 나는 시간을 벌 수 있었고, 또 어쩌면 경황이 없어 스님이 잊어버릴 수도 있었다. 게다가 낯선 이와 외지 사람과 부랑자 들에게 친절히 대하라고 거듭 당부하셨던 스님이 아닌가.

나는 이런저런 생각을 굴리며 흘끔흘끔 사내의 행색을 살펴보았다. 거칠고 남루한 옷에 긴 머리, 텁수룩한 수염, 이와 손톱만이 하얗게 빛날 뿐인 담갈색 피부, 삼 껍질로 얼기설기 엮은 미투리, 무엇이 들어 있는지 알 수 없는 커다란 보따리, 나무껍질로 짠 듯한 낡은 걸망……. 이건 완전히 거지꼴이었다. 스님들이 이 정체불명의 떠돌이를 어떻게 받아들일까 생각하니 피식 웃음이 나왔다.

"건데 이 바랑은 무엇으로 만들었나요?"

내가 물었다. 사내는 즉각 대답을 하지 않았다. 내 말을 못 알아들은 것일까? 나는 머쓱해서 사내를 올려다보았다. 그는 가슴을 펴고 음미하듯이 심호흡을 하며 느긋한 걸음으로 숲길을 걷고 있었다.

"이건 고로쇠나무 껍질로 만든 거란다."

그는 천천히, 속삭이듯이 말했다. 나뭇결 같은 음성이었다. 꺼슬꺼슬한 손바닥이 귓바퀴를 쓰다듬는 듯했다.

"그 안엔 뭐가 들어 있어요?"

공연한 물음이었다. 단지 그의 목소리를 다시 한번 듣고 싶어서였을 뿐이었다.

그는 걸음을 멈추고 가만히 내 얼굴을 들여다보았다. 조용하고 환한 미소를 머금고서.

"비밀을 지킬 수 있겠니?"

"……네."

나는 엉겁결에 대답했다. 그의 눈을 마주 보자 선뜻 대답을 하지 않을 수가 없었다. 비치기만 할 뿐 어떤 영상도 맺혀 머물지 않는 그 눈은 거울과 같았다. 어쩌면 그는 과객(過客)이거나 광인이리라.

"씨앗이란다."

그가 말했다.

"이 걸망 안엔 씨앗들이 가득 들어 있지."

제석천의 보배 그물

이튿날 아침 일찍 나는 주지 스님의 선실(禪室)로 불려갔다. 잦은 줄행랑과 외유, 늦은 귀가로 나는 이미 스님의 눈 밖에 난 지 오래였다. 한번쯤은 불호령이 떨어지리라 마음을 다잡고 있던 터였다.

가는 길에 해우소(解憂所) 앞에서 철웅 스님과 마주쳤다. 그는 바지춤을 끌어올리다 말고 대뜸 소리쳤다.

"야캬, 이 도둑고양이, 두절개 같은 놈아!"

괄괄한 성미에다 씨름꾼 같은 맷집을 가진 스님이었다. 거기다가 목청은 기차 화통을 삶아먹은 듯 우렁찼다.

"두절개가 뭐예요?"

내가 천연덕스럽게 물었다.

"개가 절간 두 곳을 기웃거리면 밥을 굶게 되느니라. 이놈아, 넌 저잣거리와 절간 어디다 네 밥그릇을 두었느냐?"

내 밥그릇이 어디 있기나 한가? 이렇게 중얼거리며 돌아서는 내 뒤통수에다 대고 스님은, 주지 스님이 벼르고 있으니 오늘은 경을 칠 줄 알라고 잔뜩 으름장을 놓았다.

태연한 척했지만 괜스레 불안했다. 나는 대적광전(大寂光殿) 주위를 한바퀴 돌다가 진짜 기도하는 심정으로 법당 앞에서 합장 삼배를 했다.

방장실에 들자 스님은 어제의 그 떠돌이 사내와 이야기를 나누고 계셨다. 그를 보자 왠지 기분이 좋아졌다. 어제의 행운이 이어질 것 같은 예감이었다.

"들어왔느냐?"

탄해 스님의 목소리 또한 부드러웠다. 나는 심각하게 머리를 조아렸다.

"책상 위에 먹과 붓을 준비해 두었다. 책에 표시를 해뒀으니 그 부분을 세 번 옮겨 쓰도록 하거라."

나는 방장실 한쪽 구석에 마련된 앉은뱅이책상 앞으로 갔다. 호된 꾸중은 없었지만 옮겨 쓰는 벌은 지루하기 짝이 없는 것이었다. 무슨 뜻인지 잘 모르는 한자를 한 자도 틀리지 않고 써야 했으니 더욱 그러했다. 게다가 스님은 그 많은 경전들 중에서도 허구한 날 『육조단경(六祖壇經)』만을 쓸 거리로 주셨다. 정작 자신은 읽지도 쓰지도 못했던 육조 혜능(慧能) 선사의 일대기와 어록이 담긴 그 책에는 그렇고 그런 글들만이 천편일률적으로 이어졌다.

붓을 잡고 있노라니 절로 어제의 프런티어 게임이 생

각났다. 탕노는 강물에 빠져 레드피라냐라고 불리는 식인 물고기의 밥이 되었다. 나는 인디오의 포로가 되어 바비큐가 될 판이었다. 아, 깜둥이 노예와 기관총을 살 돈이 있으면 정말 좋을 텐데······.

"사랑의 공유 관념이 사랑이 없는 이들의 배분 관념을 압도할 때······."

낮은 소리로 두 사람의 대화는 이어지고 있었다. 주로 떠돌이 사내가 물음을 던졌고 그에 스님이 대답하는 식이었다.

"그때야말로 가능한 일이지만 지금으로선 참으로 요원한 일이지요. 우리는 영혼의 피를 함께 나눴으니 이제 우리가 나누는 모든 것이 우리의 사지이다라는 의식, 생명을 가진 모든 것에 대한 큰 슬픔을 가져야만 합니다. 산업적인 배분은 절단이자 분리지요. 하지만 숲에서는 모든 것이 함께합니다. 어느 것 하나도 떼어 놓을 수가 없습니다. 지분 할당 차원의 소유 관념이 껴들 자리란 없는 것이지요. 흙과 나무를, 물과 물고기를 어떻게 분리한단 말입니까?"

"바로 그 점이 스님께서 펼치고 계신 인타라망 운동의 기본 정신이 아닌지요?"

"네. 그러하답니다. 모든 존재는 우리의 거울이자 투영체이니까요."

나는 귀가 솔깃해졌다. 저 떠돌이 사내가 어떻게 인드라의 그물에 관해 알고 있단 말인가?

 인타라망(因陀羅網)은 제석천(帝釋天) 궁전에 드리워진 투명한 구슬로 된 그물이라고 한다. 그물코엔 저마다 보배 구슬이 달려 있고 그 구슬엔 삼라만상이 투영된다. 삼라만상이 투영된 구슬은 다른 구슬에 투영되고, 이 구슬은 저 구슬에, 저 구슬은 이 구슬에 투영된다. 정신의 구슬은 물질의 구슬에, 생명의 구슬은 사물의 구슬에, 시간의 구슬은 공간의 구슬에, 인간의 구슬은 자연의 구슬에, 또한 그 역으로도 투영이 되어 삼라만상이 하나의 구슬이자 구슬 전체이며, 보배 구슬로 된 그물이 된다. 이 유기적이고 총체적인 그물이 곧 세계인 것이다. 한 몸 우주인 것이다. 탄해 스님은 바로 이러한 세계관으로 자연과 생명을 이해하고 그에 거스르지 않는 삶을 살자는 실천 운동을 수년 전부터 펼쳐 오고 있었다.

 "전 세계의 인구만큼이나 많은 미생물들이 인간의 육체에 기생하고 있다고 합니다."

 계속해서 스님이 말하셨다.

 "그런데 과연 이것이 기생일까요? 아니면 공생일까요? 이 관점의 차이를 분명히 알아야 합니다. 석기 시대의 인류는 숲과 공생할 수 있었습니다. 그들도 숲을 파괴했지만, 돌도끼를 이용한 벌목의 속도는 매우 느린 것이었지요. 하지만 철제 도구가 발명되고 인구의 이동이 시작되고 산업화가 진행되면서 인간은 숲뿐만 아니라 지구의 토양 자체마저 철저하게 파괴하고 말았습니다. 그것은 공생이 아니라 기생이었고, 인류는 지상에서 가장 무서운 기생충이 되었습니다. 그리하여 어떤 결과가 초래되었나요? 숲이 사라지자 부엽토가 사라졌고, 대규모 방목으로 인해 유기 물질이 풍부한 표토가 사라지고 세상 전체가 서서히 사막으로 변해 가게 된 것입니다. 그에 덧붙여 지구의 온난화와 무분별한 종자 거래, 가축의 교역으로 전염병이 창궐했고, 급속한 열대림의 파괴로 새로운 바이러스가 인류를 기습하기 시작했습니다. 부엽토 속에 숨어 있던 바이러스가 대기 속에서 활동하게 된 것이지요. 에볼라 바이러스가 대표적인 경우예요. 숲이 파괴됨으로써 쥐가 급증한 결과, 한타 바이러스에 의한 발병률 또한 높아지고 있어요. 그밖에도, 이름은커녕 그 존재조차 알려지지 않은 미생물, 박테리아, 바이러스의 수는 우리의 상상을 넘어서는 천문학적인 단위일 것입니다. 우리는 죽음의 신들을 모두 깨웠고, 우리가 살고 있는 세상은 서서히 지옥이 되어가고 있습니다……."

유랑의 땅

조금 설명이 필요할 것 같다.

두 사람의 대화가 이루어졌던 2030년대 무렵의 우리 도시 주변에는 황폐한 모래 언덕들이 곳곳에 자리 잡고 있었다. 예전에는 대규모 방목지였고 그보다 더 예전에는 울창한 숲이었던 그곳엔 풀 한 포기 자라지 않았다. 언덕들은 비와 바람에 서서히 깎여 나갔다. 모래들은 멈춰 있지 않고 끊임없이 움직였다. 사람들은 그곳에 풀씨를 뿌려 땅을 고정시키려 했으나 소용이 없었다. 땅 자체가 뿌리 뽑힌 듯했다. 도시의 배후를 병풍처럼 에워싼 산들은 바람에 깎이고 빗물에 패어 한 해에도 몇 차례씩 도시를 덮쳤다. 축대를 쌓고 사방 공사를 한 보람도 없이 도시는 무너져 내리는 돌과 모래의 홍수에 매몰되었다.

속수무책이었다. 모래 더미에 떠밀려 바다로, 바다로 떠내려가는 형국이었다. 따라서 도시는 악착같이 바다와 싸우며 바다를 향해 영토를 넓혀 나가야만 했다. 내륙을 포기하고 간척과 매립을 통해 삶의 터전을 옮겨가게 된 것이었다. 도시 뒤에는 오직 텅 빈 황무지만이 남았다.

그곳은 사막이라고도 할 수 없는 사막이었다. 유랑

의 땅이었다. 운무가 극심한 날이면 간척지마저 안개에 잠겨 도시 전체가 흐르는 모래와 꿈틀거리는 안개의 대양 위에 둥둥 떠 있는 듯한 인상을 주었다. 꿈이 표류했다.

문제는 여기에만 국한되지 않았다. 지나친 간척 사업은 조수간만의 리듬을 바꾸어놓았다. 잦은 해일이 일어났다. 모든 것이 예전 같지 않았다. 해안으로 인구가 집중되면서 수요가 늘어난 식수를 공급하기 위해 지하수를 마구 퍼 올린 결과 지하수층에 공동(空洞)이 생겼고, 그 자리로 소금기를 가진 물이 스며들었다. 그 물은 쓸모가 없는 물이었다. 또한 도시 전체가 콘크리트 건물과 포장도로로 뒤덮임으로써 빗물이 땅속으로 스며들지 못한 나머지 지하수가 보충되지 않아 끊임없이 지반 침하가 일어났다. 여기에 밀어닥친 것이 해수면의 상승이었다. 때문에 해안과 해안의 습지는 콘크리트 제방과 호안(護岸) 장벽 뒤로 사라지고 말았다. 바다는 거대한 콘크리트 띠에 지나지 않았다.

재앙은 또 다른 곳에서도 왔다. 전에는 보지 못했던 곤충과 새들이 갑자기 나타났다가 홀연히 사라졌다. 이어서 모기나 불개미, 진드기, 메뚜기, 좀벌레, 나방 종류가 급증했다. 쥐들이 몰려들었다. 말라리아, 콜레라, 장티푸스, 유행성 출혈열, 홍역과 같은, 잊혀졌거나 남의 나라 일 같았던 전염병들이 창궐했다. 해안에서 플랑크톤이 사라졌다. 물고기들이 떠났다. 철새들이 떼죽음을 당했다. 중간 경유지에서 영양을 보충해야 하는 도요새 종류들은 게들이 알을 낳기도 전에 도착했다. 월동지와 번식지의 기온이 바뀐 것이었다. 그들은 굶어서 죽었다.

식물들도 점점 북쪽으로 이동했다. 기온이 올라갔다. 백 년에 단 몇 미터를 이동할 수 있을 뿐인 대부분의 식물 종들은 말라죽고 말았다. 나비가 사라졌고 벌들도 사라졌다. 새들도 사라졌다. 자연 전체가 숨을 죽였다.

"삼십여 년 전……."

스님의 음성에는 막심한 회한과 번뇌가 담겨 있었다.

"그러니까 이십일 세기가 시작되던 무렵에 한 학자는 이렇게 경고를 했습니다. '우리는 지구의 기후라는 거대한 지구 물리학적 실험을 하고 있는데, 대개의 정부 기관들은 침몰해 가는 타이타닉 호 안에서 실내의 의자 배치를 다시 하는 것 말고는 다른 어떤 대책도 가지고 있지 않다.'고. 올바른 지적이었어요. 그로부터 삼십 년이 지난 오늘날 타이타닉 호는 절반 이상 바다에 가라앉고 말았어요. 인간에 대한 대지의 저주는 극에 달했지요. 이제 우리는 사라진 것이 아니라 사라지지 않은 것들의 목록을 작성해야 할 판이에요. 사라지지 않은 것들, 그것은 저주의 다른 형태고, 우리는 그것들을 통해 재앙의 실체를 볼 수가 있습니다. 땅에서 양식을 구할 수 없었던 십구 세기의 농부들이 고향을 떠나 공장 노동자가 되어 도시에 정착할 수 있었던 데 반해, 오늘날의 부랑자들은 최후의 순간까지도 기아와 질병의 추격으로부터 헤어날 수가 없을 것입니다……."

태초에 한 그루의 나무가 있었다

잠깐 잠이 들었던 모양이다. 옷깃 스치는 소리에 번쩍 눈을 뜨자 스님이 곁에서 물끄러미 지켜보고 계셨다.

"글은 많이 썼느냐?"

난감했다. 많이는 고사하고 조는 통에 붓을 떨어뜨려 이미 썼던 글마저 엉망진창이 된 터였다.

"어디 보자."

스님이 종이를 집어 들더니 그중 한 구절을 읽으셨다.

"오심정정(吾心正定)이 즉시지경(卽是持經)이라. 오일생기래(吾一生己來)로 불식문자(不識文字)하니……. 이 무슨 뜻인고 하면, 나의 마음 바른 정(定), 즉 나의 바른 마음자리가 경전을 읽는 바로 그것이다. 나는 한평생 동안 문자를 몰랐느니……."

스님은 의미심장한 눈길로 빤히 내 눈을 들여다보
셨다.

"알겠느냐, 야카야? 바른 마음의 경전. 세상엔 오직
이 한 경전이 있을 뿐이니라. 그만 나가보아라. 나가서
저분께 사원 안을 안내해 드리렴."

사내는 완전히 달라진 모습이었다. 아까는 어둑한 실
내에서, 그것도 머리를 조아린 채 흘끗 뒷모습만 보았
으므로 그 변화를 전혀 눈치 채지 못했었다. 그러다가
이처럼 밝은 빛 속에서 보니 이이가 어제의 그 떠돌이
였는지 의심스러울 정도였다.

텁수룩하던 수염은 말끔히 사라지고 없었다. 치렁치
렁한 데다 기름때까지 끼었던 머리는 깨끗하게 감고 뒤
로 묶어 등 뒤로 늘어뜨리고 있었다. 옷차림도 바뀌어,
스님들이 울력을 할 때 입는 간소한 동방의를 입고 있
었다. 그는 고무신을 처음 신어보는 듯 발을 들어 거듭
땅과의 감촉을 느껴보고 있었다. 그는 나를 보자 환히
웃었다. 너무 크게 웃어서 어쩐지 좀 바보 같았다.

"따라오세요."

내가 앞장서서 걸었다.

"네 이름이 야카니?"

성큼성큼 큰 걸음으로 걸으면서 그가 물었다.

"그런데요?"

"좋은 이름이구나."

"좋긴요? 절 놀려대려고 붙인 이름인걸요."

"아냐. 야카는 원래 빛처럼 빠른 사람, 또는 신으로 받들어지는 사람을 뜻했던 신성한 존재였지."

"철웅 스님이 그러는데, 못된 귀신이라면서요?"

"그건 양면적인 거지. 그러니까 한 존재가 가진 두 가지의 서로 다른 점을 말하는 거야. 야카는 불법을 수호하는 여덟 신장(神將) 중의 하나인데, 착한 사람에겐 은혜를 베풀고 악한 사람에겐 천벌을 내리지. 너그러우면서도 무서운 존재인 셈이야."

빛처럼 빠른 사람, 불법을 수호하는 신의 군대의 장수…… 그의 설명은 나를 흐뭇하게 하는 데가 있었다. 그런 걸 갖고 날 포악한 떼쟁이로 몰아붙였다니.

우리는 대적광전 앞에 이르렀다. 사내는 문득 몸을 추스르더니 법당 전체를 싸안기라도 하려는 듯 두 팔을 크게 벌리고 합장 삼배를 올렸다. 그러고는 왼쪽 계단을 통해 옆문을 열고 법당 안으로 들어갔다.

우리 사원은 외형적으로는 불교 사원이지만 법당 안에 부처님을 모시지 않았다는 점에서 다른 사원들과 달랐다. 가람의 배치에 있어서도 그러했다. 절에서 흔히 볼 수 있는 극락전이나 관음전, 명부전이나 산신각

같은 전각(殿閣)들은 모두 배제되었다. '대적광전'이라
고 불리는 한 채의 본전(本殿)이 당우(堂宇)의 전부였
다. 본전 앞 뜨락은 호연할 정도로 넓고 깨끗했다. 텅
빔 그 자체였다. 오직 석탑 두 기가 동서로 마주 보고
서 있었다. 그 주변은 온통 숲이었다. 숲 속 곳곳에 선
방과 강당과 요사와 종무소 등이 자리하고 있었다.

　법당 안에 들어서면 정면에 걸려 있는 거대한 만다라
가 제일 먼저 눈길을 끌었다. 시간 또는 생명의 수레바
퀴라고 불리는 그 원형의 불화에는 초심자로서는 그 뜻
을 알 수 없는 수많은 형체와 상징들이 그려져 있었다.
그것은 처음에는 밝은 색이었다가 중심으로 들어갈수록
어두운 빛을 띠었다. 그리하여 어둠이 자신의 밀도로 인
해 내부에서 폭발하듯이 핵분열을 일으키며 밝은 기운을
넓은 세계로 뿜어내고 있었다. 형상들을 집어삼키거나
온전하게 드러내주는 빛의 수많은 동심원들. 때때로 그
것은 환상적인 소용돌이, 깊게 울리며 아득히 솟구치는
범종 소리의 여음(餘音) 같았고, 자기 몸 한복판에 잉태
된 달로 인해 금환식(金環蝕)에 든 태양 같기도 했다.

　만다라 앞엔 연꽃과 물고기와 나비가 조각된 수미단
(須彌壇)이 있었고, 그 위에 향로와 촛대가 놓여 있었다.

　법당 안에는 그 외에 어떤 장식물도 없었다. 천장이
높아 더더욱 넓어 보이는 공간에는 두리기둥들을 감아

도는 향 내음만이 그 고요하고 텅 빈 세계를 유유히 소요하고 있었다.

"오세요."

법당 밖으로 나오려는 사내를 나는 다시 안으로 데리고 들어갔다.

"보여드릴 게 있어요."

외부에서 온 사람들은 이 사원의 중심에 자리 잡고 있는 것이 무엇인지 간과하기 일쑤였다. 부처님 대신 대적광전 한가운데에 봉안된 만다라는 바로 그것을 감추면서 동시에 가리키고 있었다.

나는 만다라 양옆으로 난 좁은 통로로 들어섰다. 만다라 뒤에는 벽이 있었고, 그 뒷벽의 전면은 통유리로 되어 있었다. 그리고 그 뒤엔 거대한 나무 한 그루가 솟아 있었다. 다섯 아름이 넘는 전나무였다.

"아……!"

사내가 탄성을 질렀다.

"스님은 늘 입버릇처럼 말씀하시죠. '태초에 한 그루의 나무가 있었다.'라고."

나는 우쭐해져서 아무렇게나 재잘거렸다.

"그런데 세상 처음에 있었다는 나무는 바로 이 나무를 가리키는 것일까요?"

생명을 주는 나무

여기까지 쓰고 나니, 나는 스님께서 우리에게 주셨던 설법들의 깊은 뜻이 새록새록 다가드는 느낌이다.

탄해 스님의 사상은 소박하고 단순했다. 스님은 종교의 배타성을 철저하게 거부하셨다. 어떤 종교일지라도 그것이 핵심에 이르렀을 땐 그 점을 적극적으로 받아들이셨다. 스님은 특히 혜능 선사를 존경했지만 마조(馬祖) 선사도 좋아하셨다. 그를 '말대가리 중'이라고 부르며 종종 그에 얽힌 일화들을 들려주셨다. 하지만 기독교라든지 고대 신비주의, 연금술, 동서양의 신화 등 스님의 관심 밖에 존재하는 것은 없었다. 스님은 『리그베다』에 나오는 "진리는 하나지만 성인은 거기에 여러 다른 이름을 주었다."라는 구절을 좋아하셨다. 또한 스님은 인도의 성자 라마크리슈나의 말에 빗대어 다음과 같이 말하곤 하셨다.

"신성이라는 아이스크림을 가로 먹든 모로 먹든, 녹여서 먹든 덥석 깨물어서 먹든 무슨 상관인가. 아이스크림은 맛있는 것을."

인간 최대의 망집(妄執)인 종교, 헤라클레이토스가 말한 바 있는 '신성화된 질병으로서의 광신'을 경계하라고 가르치며 스님은 초월에의 욕구를 자제할 줄 아는 인간적인 통찰력에 기대를 거셨다.

"보고 듣고 생각하는 것, 이것이 앎의 전부입니다. 그러한 행위가 꾸준할 때 앎이 지혜로 바뀌는 것은 어렵지 않은 일입니다. 보고 듣고 생각하지 않음으로 해서 생기는 폐해는 무지만이 아닙니다. 온갖 오해와 불화와 분쟁 또한 여기서 비롯됩니다. 보십시오. 귀를 기울이십시오. 그리고 생각하십시오. 결코 지혜를 기대하지 마십시오."

스님은 여러 신도들의 극성스런 제안에도 불구하고 전각을 새로 짓거나 석등이나 탑을 세우는 따위의 불사에는 끝까지 반대하셨다.

"여러분들은 흡사 기왓장이나 돌을 갈고 닦아 보배 거울을 만들려고 하는 사람들과 같습니다. 서까래를 올리고 기왓장 뒤에 자기 이름을 적고 석등을 세운다고 해서 발원이 가능하고 원력이 더 깊어진다고 생각하십니까? 우리들이 살고 있는 집, 사원, 우리가 소유하고 있는 사물과 자연계의 사물들, 생명 등 이 모든 것은 광대무변한 공(空)의 세계에 간살을 붙여 나눈 것에 지나지 않습니다. 한 자루의 피리와 같은 것이지요. 피리는 자신의 틀을 가짐으로써 약간의 공간을 차지하고 바람의 노래를 부르지만 그 틀이 사라지면 공간은 다시금 주인도 머묾도 없는 세계가 됩니다. 그뿐입니다. 우리의 인생, 소유, 우리의 사랑 또한 공에 간살을 나눈 한 시적인 것임을 잊지 맙시다. 그리고 그 인식을 세상 만물에까지 넓혀가도록 합시다."

슬퍼함과 슬픔을 철저하게 분리시키는 스님의 예지는 아마도 이러한 관점에서 비롯되었을 것이다.

"슬픔은 대자대비에 이를 수 있지만 슬퍼함으로는 불가능합니다. 눈물은 아픈 세상을 담을 수 있지만 우는 행위는 제 아픔을 감싸 안기에 급급할 뿐입니다. 슬퍼하지 말고 슬픔을 보십시오. 슬퍼함의 부드러움을 넘어 슬픔의 강인함을 가지십시오. 눈물로 흐려진 눈을 씻고 맑게 뚫어보는 슬픔의 눈을 뜨십시오. 슬퍼함의 우물에서 나와 슬픔의 대양으로 나아가십시오. 슬퍼하는 자에겐 복이 있을지 모르나, 슬픔만이 우리를 구원할 수 있습니다. 나와 더불어서, 생명을 가진 것과 갖지 못한 모든 것을 감싸 안을 수 있습니다."

여러 이름으로 불리는 하나의 것. 바로 그 하나의 진리를 스님은 한 그루의 나무에서 발견하셨다. 대적광전의 만다라 뒤에 있는 전나무는 그 점을 상징적이고도 웅변적으로 들려주고 있었다.

"우리의 종교는 멈춰 있는 종교가 아닙니다. 우리의 종교는 변화하고 발전하는 종교입니다. 그것은 개혁하며 진보하는 종교가 아니라 근원으로 소급하여 원천에 얼굴을 비춰 보는 종교입니다. 그러한 노력을 통하여 우리는 보리수 아래 좌정한 불타는 사실 그보다 더 예전엔 한 그루의 보리수였음을, 십자가는 생명의 나무였으며 십자가에 매달린 예수는 나무 십자가에 매달린, 대지의 주님이신 나무, 즉 우주나무였음을 알게 되었습니다. 그 나무는 말합니다. '나는 살아 있는 모든 것에 생명을 주는 나무이다.'라고. 따라서 이 지상의 경전은 다시 씌어져야 합니다. 그 경전은 지상의 모든 경전들에 앞서 설해진 경전입니다. 그것은 이렇게 시작됩니다. '나는 이렇게 들었다. 태초에 한 그루의 나무가 있었노라고.'"

황금 정원의 주인

나는 떠돌이 사내와 함께 사원의 숲으로 갔다.

절이 창건되면서부터 가꾸어져 온 사원의 성림(聖林)은 삼백 년이 넘는 역사를 가지고 있었다. 한때는 도벌과 지나친 벌채로 삼림이 많이 훼손되었으나, 1980년대에 천연기념물로 지정되면서 정책 차원에서 보호를 받게 되었다. 그 후로 스님들은 수도와 아울러 숲 가꾸기에 정성을 기울였고, 탄해 스님이 방장으로 취임하면서부터는 점차 그 영역을 넓혀 숲을 확장하는 데에 주안점을 두었다. 산성비와 공해로 많은 나무들이 죽어갔지만, 숲에다 쏟는 스님들의 정성만큼 나무들 또한 그 건강한 녹음으로 화답을 보내주었다. 신성한 숲. 사원은 그 숲의 일부였다.

봄이 시작되고 있었다. 사내는 연신 코를 킁킁거렸다.

"여긴 움트는 향기, 여긴 몽우리 맺는 향기, 또 여긴 땅속 수맥이 수액에 물을 대는 향기. 아, 이곳은 향기의 바다로구나!"

산벚나무는 발그스름하게 꽃봉오리를 맺고 있었다. 팥배나무는 금방이라도 움을 틔울 기세였다.

"대지가 누룩으로 술을 빚고 있어."

그는 노래하듯이 말했다.

"저것 봐, 야카! 저 초록색 전구들, 연분홍 등롱들을. 이제 곧 봄의 조명탄이 터지면 밤이 환해질 거야. 느껴봐! 꽃망울들의 옹알이, 싹들의 배냇짓에 천지가 들썩거리는 것을. 죽어 썩은 것들이 발효하는 것을. 죽음을 생으로 바꿔놓는 이 기적의 유산균!"

그의 말은 어느새 노래가 되었다.

목을 꺾어 언 땅에 파묻고
쾅쾅 발로 다져두었네.

봄이 되자 태양이 속삭였네,
땅속의 씨앗들에게.
"나자로야, 그만 일어나거라!"
사흘이 아니라 넉 달간의 죽음이었네.
넉 달 만의 부활이라네.
오, 현자의 돌, 황금 정원의 주인이여!

이튿날 그는 탄해 스님의 승낙을 얻어 숲 속 깊은 곳 빈 땅에 터를 잡고 밭을 갈기 시작했다. 흙 속엔 커다란 지렁이들이 우글거렸다. 그는 아무렇지도 않아 했다. 오히려 꿈틀거리는 지렁이를 집어 손바닥에 올려놓고는 신기한 듯이 들여다보곤 했다.

"난 지렁이가 좋아."

그가 말했다.

"지렁이의 노동은 노동 전체니까. 고통받는 지렁이는 고통 전체니까. 그가 살고 먹고 되뱉은 흙은 흙의 전체니까."

밭을 다 갈고 나자 그는 고로쇠나무 껍질로 만든 걸망을 열었다. 그 안에는 온갖 씨앗들이 가득 들어 있었다. 그는 종류별로 정성스럽게 종이로 싼 씨앗들을 나눠 물에 불리거나, 삭정이를 태워 생긴 재와 섞어 밭에다 심었다. 그는 일에 너무 골몰해서 먹고 쉬는 것마저

잊은 듯했다. 이따금 내가 밥과 찬을 바구니에 담아 그에게 가져다주었다. 그의 귀가는 점점 늦어졌다. 나중에는 아예 밭 가장자리 나무들을 대들보 삼아 대나무와 소나무로 얼기설기 지붕을 엮고 바닥에 짚을 깔아 숲속에서 기거를 했다.

나는 매일 그곳으로 구경을 갔다. 내 외출이 뜸해지자 탕노와 노마가 사원으로 나를 찾아왔다. 우리는 함께 그에게로 갔다.

밭 갈기, 거름 주기, 씨앗 뿌리기가 모두 끝난 어느 날이었다. 그는 우리들로 하여금 밭에다 물을 뿌리게 했다. 그런 다음 깨끗이 손을 씻고는 자투리 천을 이어서 만든 보따리 속에서 바이올린을 꺼냈다. 그는 잠시 현을 죄거나 풀어 음정을 맞췄다.

마침내 연주가 시작되었다.

그는 천천히, 아주 천천히 밭 가장자리를 따라 돌면서 바이올린을 켰다. 처음엔 그의 걸음걸이만큼이나 느리고 슬픈 음악이 흘러나왔다. 우리는 물 뿌리는 것도 잊고 물끄러미 그를 바라보았다. 조금씩 템포가 빨라졌다. 그의 몸짓과 발걸음 또한 빨라졌다. 선율은 격정적인 것이 되었다. 두 발짝 세 발짝씩 왼쪽으로 오른쪽으로 나아가던 스텝이 엉키더니 그는 빙글빙글 원을 그리며 텃밭 주위를 돌기 시작했다.

놀라운 광경이었다. 생전 처음 듣는 음악에 처음 접하는 행동이었다. 우리는 입을 다물 수가 없었다. 벌어진 입에서는 숨소리마저 숨을 죽였다. 사내는 무릎을 겨우 덮는 깡똥한 바지를 입고 있었다. 그것이 그의 맨살을 가린 옷의 전부였다. 그는 맨발이었고, 땀에 젖은 상체가 빛 속에서 검게 번쩍거렸다. 바이올린 소리는 켜켜이 쌓인 음의 층(層)을 정으로 쪼고 끌로 갈아, 빛소나기를 흩뿌리며 날아오르는 눈부신 새 한 마리를 채굴하고 있는 듯했다. 불새, 태양의 새를! ……그러나 활의 움직임은 거기까지 이르지 못하고 늘 그 문턱에서 좌초하며 악기 자체에 상처를 내어 피를 흘리게 했다. 그의 땀이 그의 피처럼 느껴졌다. 비 내리는 듯한 땀이 땅을 적셨다. 그의 윤무는 끊어지고 말 것 같은 추처럼 씨앗들 주위를 맴돌았다.

갑자기 음악이 멎었다.

청각의 안쪽에서 자지러지는 듯한 비명이 울렸다. 고요는 폭탄 같았고, 그것은 우리의 귓속에서 폭발했다. 뚝 끊긴 음악 둘레에서 세상이 빙글빙글 돌고 있었다.

"무슨 일이에요?"

우리는 그의 곁으로 달려갔다. 사내는 골똘하게 생각에 잠긴 채 자신의 악기를 들여다보고 있었다.

"현이 끊어졌어."

그의 목소리는 오래 참았던 한숨 같았다.

"그러면…… 연주를 할 수 없나요?"

우리는 동시에, 거의 소리치듯이 물었다. 그러자 그는 머리채를 뒤로 젖히더니 환히 웃으며 우리를 돌아보았다.

"옛날에 한 바이올리니스트가 있었어. 그는 걸을 수가 없었어. 선천성 소아마비였지. 하지만 그의 연주는 신기(神技)에 가까웠어. 그런데 어느 연주회에서 그만 줄 하나가 끊어지고 말았어. 그는 잠시 생각에 잠겼다가 세 줄로 연주를 하기 시작했어. 네 줄의 바이올린보다 훨씬 아름답고 황홀한 선율로."

"그러면……."

"그럼! 우리도 세 줄의 바이올린으로 연주를 하는 거야. 알겠니?"

그는 줄감개를 풀어 끊어진 현을 빼버렸다.

다시금 연주가 시작되었다. 한결 흥겨운 음악이었다. 그는 음악에 맞춰 덩실덩실 춤을 추었고, 즉석에서 그 곡에 가사를 붙여 노래를 불렀다.

너의 발을 꽃가루 위에 내려놓으렴.
너의 손을 꽃가루 위에 내려놓으렴.

너의 머리를 꽃가루 위에 내려놓으렴.

이제, 너의 발은 꽃가루.

너의 손은 꽃가루.

너의 몸은 꽃가루.

너의 마음은 꽃가루.

이제, 너의 음성도 꽃가루.

길이 참 아름답구나.

참 평화롭구나.

꽃가루의 길, 꽃가루의 길.

그는 우리에게 그 노래를 가르쳐주었다. 우리는 인디언처럼 춤추며 노래를 불렀다.

길이 참 아름답구나.

참 평화롭구나.

꽃가루의 길, 꽃가루의 길.

싹들은 놀라운 속도로 땅을 뚫고 올라왔다.

싹들은 피리 소리에 홀린 코브라 같았다.

하마드뤼아데스, 나무의 요정들

탕노와 노마는 자전거를 하천 둑 아래 풀숲에다 감춰
두고 사원으로 왔다. 자전거를 끌고 도피안교를 건널
수는 없었기 때문이었다. 우리는 매일 떠돌이 사내에게
로 갔다. 게 잡기 놀이나 프런티어 게임은 물 건너간
일이었다. 우리는 마법에 걸린 듯했고, 바이올린 소리
에 맞춰 씨앗들이 싹을 틔우듯이 우리들 속에서도 무엇
인가가 껍질을 벗고 떡잎을 피워 올리는 것 같았다.

사내의 밭까지는 사원에서도 꽤 멀었다. 골짜기를 가
로질러 작은 등성이를 하나 넘어야만 했다. 잰걸음으로
도 삼십 분은 족히 걸렸다. 게다가 숲 속 곳곳에 자리
한 강당과 선방들을 비롯하여 스님들이 울력 중인 논밭
들을 피해야 했으므로 부득불 멀리 에돌아가지 않을 수
없었다. 때문에 우리는 거의 뛰다시피 하며 종종걸음으
로 산길을 갔다. 그러던 어느 날 우리 셋은 조붓한 숲
길에서 철웅 스님과 딱 맞닥뜨리고 말았다. 노루 피하
다 범 만난 꼴이었다.

스님은 생각에 잠긴 채 걷다가 우리를 보자 우뚝 걸
음을 멈췄다.

"음…… 야카로구나."

스님은 목구멍만으로 중얼거리듯이 말했다.

"근데 너희는 누구냐?"

스님의 부리부리한 눈이 탕노와 노마에게로 향했다.

"제 친구들이에요, 스님."

우물쭈물하는 아이들을 대신해서 내가 대답했다.

"친구? 그렇담 똑같은 놈들인 게로군."

스님은 불만스레 우리 셋을 찬찬히 훑어보았다. 느낌이 좋지 않았다.

"저…… 그만 가볼게요."

"어딜 가는데?"

"그냥…… 저기……."

"으응, 오갈 데 없는 개 팔자란 말이지? 그럼 내가 갈 곳을 가르쳐주마."

"그게 아니라……."

"시끄러워, 이 개구쟁이들아!"

스님은 그 대단한 완력으로 우리 셋의 목덜미를 덥석 움켜잡았다. 순식간에 몸이 끄떡 들리더니 그런 채로 어디론가 끌려가기 시작했다.

"스님, 그게 아니라……."

나의 항변도 소용없었다. 노마와 나를 오른손으로, 탕노를 왼손으로 움켜쥔 그는 성큼성큼 강당 쪽으로 가더니 내처 문을 열고 마룻바닥에다 우리를 패대기쳤다. 강당 안에서는 아이들을 상대로 탄해 스님이 법문을 들려주고 계셨다. 스무 명 남짓한 아이들의 시선이 일제히 우리에게 쏠렸다.

"무슨 일입니까, 철웅 스님?"

스님이 물으셨다.

"아, 네. 이 개구쟁이들한테도 단비 같은 스님의 말씀이 필요할 것 같아서요."

스님은 불만에 차 씩씩거리는 우리를 살펴보더니 말씀하셨다.

"알았어요. 그만 가보세요."

스님의 음성은 좌중으로 향했다.

"이렇게 해서 에뤼식톤은 신성한 참나무를 해친 죄의 값을 치러야만 했습니다. 결국 그는 아귀병이라는 무서운 굶주림에 사로잡힌 채 걸신들린 듯이 자기 몸을 뜯어먹었지요. 그가 죽은 자리엔 오직 그의 이빨만이 덩그렇게 남아 있었습니다."

스님은 우리 쪽을 돌아보더니 빙그레 웃으며 앞으로 나오라고 하셨다.

"여러분, 조금 전에 내가 말한 나무 요정의 이름이 뭐였지요?"

"하마드뤼아데스요!"

아이들이 우렁차게 대답했다.

"네. 잘 기억하고 있군요. 그리스어로 '하마'는 '함께한다'는 뜻이고 '드루스'는 '나무', 그중에서도 특히 참나무를 가리키는 말인데, 참나무와 함께하는 요정의 복수형이 곧 하마드뤼아데스입니다. 복수형이란 하나가 아닌 여럿이라는 뜻이지요. 조금 전에 이야기했듯이 참나무의 요정은 여러 명이었으니까요. 자, 이번에는 나무 요정에 얽힌 한 슬픈 이야기를 들려드리지요.

옛날, 아주 먼 옛날에 오르페우스라고 하는 훌륭한 시인이 있었습니다. 그는 칠현금이라는, 하프 비슷한 악기를 타며 노래를 잘 부르기로 이름이 났었지요. 그의 노래는 너무나 아름다워 나무와 바위를 춤추게 했고 숲 속의 짐승들을 감동케 했다고 합니다. 그에겐 에우뤼디케라는 아내가 있었습니다. 에우뤼디케는 하마드뤼아데스, 즉 나무 요정들 중의 하나였지요. 나무에 깃들여 있다가 나무와 함께 죽는 요정이었던 것입니다."

악기, 노래, 춤이라는 단어가 나오자 나는 귀가 솔깃해졌다. 동시에 떠돌이 사내가 생각나 그의 밭에 가지 못한 것이 원통해서 발끈 화가 치밀었다. 밤새 싹들은 얼마나 키가 컸을까? 그는 바이올린으로 어떤 선율을 켜고 있을까? 오늘 그의 노래에는 어떤 신비로운 힘이 담겼을까?……

"그런데 그 어여쁜 아내는 그만 독사에게 물려 그의 곁을 떠나고 맙니다. 세상을 울리고 웃겼던 시인에게서 사랑이, 아름다움이 떠나고 만 것입니다. 그는 더 이상 노래를 부를 수가 없었습니다. 그의 악기는 녹이 슬었고 그의 음악은 숲이 사라진 황량한 사막을 헤매게 되었습니다. 고통을 견디다 못한 오르페우스는 마침내 중대한 결심을 하기에 이릅니다. 지금 당장 죽음의 세계로 내려가 저승의 왕을 만나겠노라고. 그리고 기어코 아내를 이 세상으로 데려오고야 말겠다고.

여러분, 생각해 보십시오. 한번 죽은 나무는 다시는 우리 곁으로 돌아올 수가 없습니다. 한번 사라진 이 땅의 푸른 나무를 되찾기 위해서는 저 무서운 죽음의 세계에까지 내려가 그를 되살려 내어야만 합니다. 하지만 누가 이 어려운 일을 해낼 수 있을까요? 오르페우스, 하늘이 내린 이 위대한 시인은 그 일을 위해 저승으로 갔습니다. 그의 노래는 살아 있는 사람으로서는 결코 다다를 수 없는 죽음의 강을 건넜고, 무서운 혼령들의 저주를 잠재웠으며, 저승의 왕을 감동케 했습니다⋯⋯."

'그는 오르페우스일까⋯⋯?' 하고 나는 생각했다. 조약돌이나 나뭇조각처럼 딱딱한 씨앗을 그 푸석푸석하고 냄새나는 흙 속에 파묻고 노래와 춤으로 푸른 싹을 틔워 올리는 그는 어쩌면 정말로 오르페우스인지도 몰랐다. 얼마나 아름다운 노래, 황홀한 음악인가. 그가 춤추면 세상이 함께 춤을 추었다. 나무와 바위들의 원무가 시작되었다.

"시인의 노래에 감동한 저승의 왕은 마침내 아내를 돌려주기로 합니다. 단, 저승길을 거슬러 빛의 세계로 돌아나갈 때까지 절대로 아내를 돌아보아서는 안 된다는 조건을 붙였지요. 돌아보지 말라. 그러나 그토록 그리웠던 아내를 다시 만난 그는 참을 수가 없었습니다. 그래서 그만 아내를 돌아보고야 맙니다. 잠깐, 아주 잠깐 동안. 순간 에우뤼디케는 사라지고 그는 혼자가 되고 맙니다. 그 잠깐의 실수로 그의 아내는 영원히 저승 세계에 남게 된 것입니다. 시인은 흐느껴 울었지만, 그 후 다시는 아내를 만날 수가 없었습니다."

입심 좋은 스님의 이야기에 얼마나 혹했던지 몇몇 아이들의 입에서는 한숨이 새어나왔다.

"슬픈 이야기예요. 나무 속에 깃들여 있다가 나무가 죽으면 함께 죽는 나무의 요정. 사막처럼 황량해진 땅위에 푸르름을 다시 불러들이기 위해 죽음의 왕국까지 내려가야 했던 시인. 그러나 한번 죽은 나무, 이미 떠나버린 나무의 요정은 세상 모든 것을 감동케 했던 오르페우스마저도 살려내지 못했다는 점을 잊지 마세요. 이 세상 모든 식물들 속엔 요정이 깃들여 있고, 초록색의 그 아름다운 영혼은 한번 죽으면 다시는 돌아올 수 없다는 것을."

씨앗들은 어디로 갔을까?

떡잎들은 참 아름다웠다. 앙증맞고 또랑또랑했다. 재잘거리는 병아리, 부등깃에 싸인 옴포동이 같았다. 맞붙인 두 손바닥을 하늘 향해 펼친 모습은 기도하는 양했고, 초록 성수반 같기도 했다. 그 위에서 하늘이 턱을 괴었다. 어떤 녀석은 흙덩이나 작은 돌멩이를 역도 선수처럼 떠받치고 있기도 했다. 한 장뿐인 떡잎도 있었고 여러 장이 로제트 모양을 이루는 것도 있었지만, 대부분이 콩을 반으로 갈라놓은 것 같은 두 장의 떡잎을 갖추고 있었다.

눈으로 볼 수 있는 씨앗의 몸은 그렇게 떡잎으로 지상에 나타났다. 그 아래에는 뿌리가 있었다. 땅을 뚫고 하늘을 밀어 올릴 듯이 어기차게 솟은 떡잎은, 그러나 얼마 못 가 이내 사라졌다. 우리는 그것이 시드는 것을, 오그라들거나 거무죽죽하게 말라 비틀어져 줄기에 간신히 붙어 있다가 떨어지는 것을 보았다. 떡잎은 사라졌다. 우리는 놀라움을 금치 못했다.

"그렇다면 씨앗들은 어디로 갔을까?"

자칫 슬퍼질 듯한 우리의 서운함을 읽은 떠돌이 사내가 우리에게 물었다. 그는 떡잎이 사라진 자리 위로 줄기가 솟고 그 줄기에 떡잎과는 확연히 다른 잎들이 붙은 풀 한 포기를 살며시 뽑아 우리에게 보여주었다.

"봐. 여기에도 없지. 뿌리뿐이야. 씨앗도 사라졌어. 떡잎과 마찬가지로. 그렇지만 씨앗이 없었다면 떡잎이 있었을까? 떡잎이 없었다면 이 잎들과 줄기가 있었을까? 이 한 포기 풀이 무럭무럭 자라 꽃을 피우고 다시 씨앗을 맺는다면 그건 한 알의 씨앗이 있었기 때문이야. 그 한 알의 씨앗이 지금 이 풀 속에서 살아 있기 때문이야. 떡잎도 마찬가지야. 여전히 이 풀잎 속에서 살아가고 있지."

그는 풀을 다시 제자리에 심고 손바닥을 물에 적셔 흩뿌려 주었다.

"살아 있는 것은 계속해서 모양을 바꾸지. 때문에 모양에 집착해선 안 돼. 모양은 차이를 나타내주지. 이것과 저것이 다르다는 것, 그것은 결코 차별을 의미하진 않아. 자, 이 싹들을 봐. 떡잎일 때는 그저 똑같거나 별로 구분이 되지 않던 것들이 이제는 제각기 다른 모양을 띠기 시작했어. 모양뿐만이 아니라 크기나 자라는 속도도 저마다 다르지. 이를 통해 우리는 식물들의 이름을 알게 되는 거야. 이름을 아는 것, 그 또한 만남의 소중한 창구이지. 자, 이제부턴 내가 이 싹들의 이름을 가르쳐줄게."

우리는 맨땅 위를 엉금엉금 기어 다니며 그에게서 식

물들의 이름을 배웠다.

"그런데 이 풀들은 먹을 수 있는 건가요?"

탕노가 물었다.

"글쎄. 먹을 수 있는 것도 있고 먹을 수 없는 것도 있지."

"스님들은 먹을 수 있는 것만 키우는걸요."

내가 말했다.

"쌀, 콩, 옥수수, 고구마, 감자……."

"그건 살아가는 데 필요한 곡식이거나 밭에 심는 작물들이지. 그러한 것들은 먹기 위해서 가꾸는 거야."

"그렇다면 아저씬 무엇 때문에 이 밭을 가꾸나요? 그리고 이처럼 많은 식물들은 뭘 위한 거죠?"

"그건 말이지……."

그는 수줍은 듯 조금 망설였다.

"그건 말이지, 하늘에까지 닿는 식물을 가꾸기 위해서야."

그는 잠시 멈췄다가 다시 말했다.

"이 세상에서 하늘에까지 오를 수 있는 것은 오직 식물들뿐이란다."

"『잭과 콩나무』에 나오는 나무처럼 말이죠?"

"그래, 맞아. 예전엔 사람이 나무를 타고 땅에서 하늘로, 하늘에서 땅으로 자유롭게 오르내릴 수 있었던 시절이 있었어. 그땐 식물들이 자랑스럽게 자라 하늘에 이르렀고, 신들도 나무를 타고 내려와 이 땅의 일을 거들었지. 땅과 하늘이 하나로 통할 수 있었던 거야."

그는 걸망 속의 씨앗들을 한 움큼 집어 손바닥에 놓고 가만히 들여다보았다.

"내 오랜 소망은 바로 그 나무들을 이 땅 위로 다시 불러들이는 거야. 하늘에까지 닿는 나무. 그래서 다시금 찬란하고 온화한 태양이 이 땅을 밝게 비추게 해줄 나무. 내가 끊임없이 여행을 하는 건 그 때문이야. 나는 태양의 나라를 찾고 있단다."

태양의 나라

다시 한번 묻지 않을 수 없다. 그는 정말 집시였을까?…… 태양을 지키는, 황금빛 피부를 가진 거인 튀발카인. 그의 후예인 집시들은 태양을 찾아 끊임없이 여행을 했고, 지금도 역시 그러하지 않은가. 그가 찾고 있는 태양의 나라는 과연 어떤 나라일까? 지금쯤 그는 그 나라를 찾았을까?……

아마도 그의 영향이 컸으리라. 지금도 나는 아이들을 상대로 설법을 할 때면 '태양의 나라'라는 가상의 공간을 설정하여 이야기를 펼쳐나간다. 이것은 신화나 전설을 토대로 아이들에게 재미와 교훈을 함께 주려 애썼던 탄해 스님의 강론 방법이기도 하다. 스님은 한번도 불법이나 불교 교리에 대해 직접 언급하신 적이 없었다. 부처님 생전의 이야기나 본생담(本生譚)을 통해 동화를 들려주듯이 풀어서 말씀하셨다. 아이들을 워낙 좋아했던 분인지라 그들의 기쁨에 불을 지펴 복된 선물을 듬뿍 주고자 하셨음이리라.

나 역시 아이들이 좋다. 그들의 호기심은 내 삶의 숨구멍들을 열어준다. 그래서 나는 부처님 이야기를, 동화 속 왕자를 주인공으로 하여 연작 형식으로 들려준다. 아이들은 시간 가는 줄 모르고 즐거워한다. 일주일에 한 번 있는 한 시간의 강론이 후딱 지나가고 내가 이야기를 일단락 지으려 할 때면 아이들은 궁금증을 참지 못해 묻는다.

"그래서요, 스님? 그래서 어떻게 되었나요?"

그래서라……? 그 점은 나도 생각해 보아야 한다. 그것이 일주일 뒤에 있을 강론을 위한 나의 숙제이다.

태양의 나라.

지금까지 이어온 그 이야기의 줄거리는 다음과 같다
──문명의 이기에 의해 멸망 위기에 이른 지구상의 한

왕국은 밀폐된 공간에서 구백구십구 명의 과학자들에 의해 관리되고 있다. 인공 태양, 중앙 공기정화 시스템, 전자 도로. 엽록소를 가진 푸른 살갗으로 광합성을 하며 자체 생존이 가능했던 초록 인간들은 멸종되었다. 거대한 나무와 푸른 털을 가진 동물들이 살았던 푸른 나라 또한 사라졌다. 인공 토양과 인공 하늘에 갇혀 늘 왕국 바깥 세계를 꿈꾸어 왔던 왕자는, 어느 날 푸른 살갗의 사람이 이 땅 어딘가에 살아 있다는 소식을 접하고 불현듯 왕국을 떠난다. 이야기는 여기서부터 시작된다.

왕국의 바깥은 안개로 뒤덮인 황무지와 사막. 사막의 가장자리에 이르자 태양이 떠오른다. 처음 보는 태양이다. 그는 태양의 길을 따라 걷는다. 저녁이 되자 태양은 지평선 너머로 사라지고 만다. 달이 떠오른다. 그는 달의 길을 따라 걷는다. 그러나 새벽이 되기도 전에 달은 저물고 만다. 이제 그는 혼자다. 그는 자신의 뜻을 좇아 걷는다. 열흘 낮 열흘 밤 동안. 끝없는 모래 벌판과 모래 언덕들을 지난 그는 마침내 사막의 끝에 살고 있는 푸른 살갗의 사람을 만난다.

그는 현자이자 연금술사이다. 그의 제자가 되는 기인 입문 과정은 짧게 스케치된다. 가령, 연금술사의 화로에 밤낮없이 일정한 온도로 불을 때는 일. 머리만 내놓은 채 땅속에 온몸을 묻고 흙으로 육체를 정화하는 것. 숲 속에 있는, 살아 움직이는 신전에 들어가기 위해 신전을 이루는 모든 사물의 이름을 알아내어 호명하는 것. 그것을 위한 명상과 고행과 시험과 환상 체험들.

마침내 왕자는 몇 가지 영적 체험들을 통해 이 세계의 숨은 뜻들을 하나하나 체득해 나간다. 분쟁을 멈추게 하는 것은 정의가 아니라 침묵이라는 것. 침묵만이 우리 자신에게 거울을 돌린다는 것. 생명에 대한 큰 슬픔만이 세계를 구원할 수 있다는 것. 죽음이란 존재하지 않으며, 죽은 자는 다만 세상의 다른 이름으로 존재한다는 것. 공포와 욕망은 우리 자신을 먹어치울 뿐이라는 것. 또한 그는 독성적(瀆聖的)인 물질 교배의 차원에서 벗어나 신성한 지혜의 발견을 추구하는 연금술로부터 새롭게 화학의 정신을 구축해야 함을 깨닫는다.

드디어 스승으로부터 떠날 날이 되었다. 연금술사는 그에게 네 개의 마술적인 물건을 건네주며 말한다.

"이 주물(呪物)들은 단 한 번씩밖엔 사용할 수가 없다. 그러니 사용을 자제해야만 한다. 무엇보다 중요한 것은, 가장 강한 힘을 가진 무기는 네 자신 속에 있다는 사실이다. 그 점을 명심해야만 한다."

연금술사는 용광로 속에서 골회(骨灰)로 만든 플라스크를 꺼낸다. 그가 마개를 열자, 수은과 유황과 소금이 뒤섞인 그 펄펄 끓는 시험관에서 아름다운 청색 나비 한 마리가 날아오른다. 바로 그 순간 스승이 소리친다.

"가라. 저 나비를 따라서!"

왕자는 떠난다. 태양의 나라를 찾아가는 왕자의 고난에 찬 모험이 시작된다.

도깨비와 다섯 무기를 가진 왕자

나는 『아라비안 나이트』에 나오는 「어부와 지니」를 무척 좋아한다. 그중에서도 특히 다음과 같은 대목을.

'처음 백 년 동안 갇혀 있었을 때 나는 누구든지 나를 구해 주는 사람을 굉장한 부자로 만들어주겠다고 다짐했었지. 그러나 백 년이 지나도 아무도 나를 구해 주지 않았어. 다시 오십 년이 흐르고 또 오십 년이 흘렀을 때 나는 누구든지 나를 구해 주는 사람에게 보물 묻힌 곳을 모두 가르쳐주리라고 생각했어. 그러나 아무도 나를 구해 주지 않았고 그렇게 사백 년이 흘러갔지. 그래도 나는 누구든지 나를 구해 주면 세 가지 소원을 들어주리라고 다짐했지. 그런데도 아무도 나를 구해 주지 않았어. 나는 화가 나서 견딜 수가 없었어. 그래서 굳게 마음을 먹었지. 이제 누구든지 나를 구해 주기만 하

면 당장 죽여버리고 말겠다고.'

기다림, 기다림. 사백 년 동안의 기다림을 통한 심리적 변화가 몇 문장 속에 잘 농축되어 있다. 이야기란 그런 것이 아닌가. 흥미로운 기다림. 듣는 사람, 읽는 사람을 기다리게 하는, 기다리다 못해 쫓아가게 하는 가슴 설레는 만남. 마음의 큰 움직임 속에 있는 몸의 고요.

어부는 바다에 그물을 던진다. 한 번, 두 번, 세 번, 네 번. 처음엔 죽은 당나귀가 올라온다. 두 번째엔 모래와 진흙이 가득 든 주전자가. 세 번째엔 깨진 항아리와 유리 조각들. 마침내 네 번째엔 거인 지니가 갇힌 구리 호리병이 올라온다.

왕자가 태양의 나라를 찾아가는 과정에서 맞닥뜨리게 되는 도깨비와의 싸움에서도 이러한 실패와 좌절이 따른다. 도깨비……. 마귀라고 해도 좋고 마왕, 또는 사탄이라고 해도 좋다. 깨달음, 득도, 자아의 완성으로 나아가는 길목에는 언제나 생명을 담보로 나락과 단념과 타협을 매표하는 악질적인 톨게이트가 존재하기 마련이다. 게다가 아이들이 도깨비 이야기를 좋아하니 나 또한 맛난 소스로 도깨비라는 양념을 즐겨 쓰지 않을 수가 없다. 무서워하면서도 끝없이 이야기가 이어지길 원하는 아이들의 양면적인 표정은 보기만 해도 즐거운 일이다.

도깨비. 부처님의 『본생경』 속에 나오는, 도깨비들 중에서도 왕초인 마왕에 관한 이야기는 사막을 시작으로 해서 숲에 이르러 막을 내린다. 먼저, 마왕의 간계가 얼마나 교활한지 그 실상을 보여주는 예화 하나가 바탕에 깔린다. 지혜와 대비되는 교활함은 악마 쪽에서 본 지혜의 일면일 것이다.

첫 번째 이야기는 인도 북부 바라나시 출신의 어느 대상(隊商) 우두머리에 관한 것이다. 그는 오백 대의 수레에다 화물을 가득 싣고 물 한 방울 찾아볼 수 없는 악마의 광야로 갔다. 그는 칠백 리 사막 길을 무사히 통과하기 위해 물이 가득 든 항아리들을 수레에다 실었다. 대상이 사막 한복판에 이르자 도깨비도 그를 맞을 채비를 했다. 우선 도깨비는 보기에 가벼워 보이는 수레 한 대를 만들어 하얀 황소가 끌게 한 다음 바퀴에다 진흙을 잔뜩 묻혔다. 그러고는 대상과 마주치는 방향으로 수레를 몰았다. 그는 앞뒤로 마귀 수행원들을 거느렸는데, 그들의 머리와 옷은 물에 흠뻑 젖어 있었다. 또한 그들은 하나같이 목에다 파란 수련과 흰 수련으로 만든 화환을 걸고 손에는 연꽃 송이를 든 채 물기가 많은 수련 줄기를 씹고 있었다. 그렇게 그들은 대상을 향해 나아갔다.

"어디서 오십니까?"

도깨비가 정중하게 대상의 우두머리에게 물었다.

"우리는 바라나시에서 오는 길입니다. 그런데 댁들은 온몸이 물에 젖어 있고 진흙투성이니 대체 어찌된 일입니까? 혹 소나기라도 맞으셨습니까?"

이 말에 도깨비가 얼씨구나 하고 대답을 했다.

"저기 저 모래 언덕이 보이지 않습니까? 저기만 지나면 온 천지가 물이랍니다. 밤낮으로 비가 내리니 웅덩이마다 물이 가득하지요. 보이는 것 모두가 수련과 연꽃으로 뒤덮인 호수랍니다."

도깨비는 지나가는 수레를 보며 이렇게 물었다.

"이 수레들엔 무엇이 실려 있습니까? 보아하니 상당히 무거워 보이는군요."

"모두가 물이랍니다. 칠백 리 사막 길을 건너기 위한 식수지요."

"아, 참 어지간하십니다. 여기까지 이 무거운 물을 날라 오시다니요. 하지만 이 지점만 지나면 이런 짐은 필요가 없을 겝니다. 천지가 온통 물이니까요. 그러니 이 무거운 항아리들은 깨뜨려 버리는 것이 좋을 겝니다. 그래야 하루라도 빨리 사막을 통과할 게 아닙니까?"

도깨비가 떠나자 대상의 우두머리는 항아리를 모조리 깨뜨려 버렸다. 그러고는 가벼운 걸음으로 모래 언덕을 향해 나아갔다. 그러나 아까 마주친 여행자가 이야기한 호수는 눈을 씻고 봐도 찾을 수가 없었다. 물은커녕 가도 가도 끝없는 모래 벌판만이 이어졌다. 지칠 대로 지친 대상은 밤이 되자 아무 데나 쓰러져 잠이 들었다. 바로 그때 도깨비들이 몰려왔다. 그들은 소든 사람이든 가리지 않고 모조리 뜯어먹고 뼈다귀만 남긴 뒤 떠났다. 오백 대의 수레와 해골만이 텅 빈 사막에 어지럽게 뒹굴고 있었다…….

이야기가 이쯤 되면 아이들의 놀라움과 두려움은 극에 달한다. 왕자가 이 교활하고 잔혹한 도깨비와 싸워야 한다니 이 얼마나 끔찍한 일인가.

이제 무대는 숲으로 바뀐다. 갠지스 강변의 깊고 아름다운 숲. 그러나 그 숲 속으로 들어간 나그네는 어느 누구도 살아 돌아온 적이 없다. 그곳에 무서운 도깨비가 살고 있다는 소문이 퍼진 뒤로 사람의 발길이 끊인 지도 오래 되었다. 그런데 바로 그곳으로 왕자가 가겠다고 하자 사람들은 극구 만류하며 그의 행차를 막았다. 그러나 소용이 없었다. 왕자는 사자처럼 용감하고 자신에 차 있었다. 또한 그에게는 스승으로부터 받은

네 가지의 신비로운 무기가 있었다. 그는 일말의 주저
도 없이 숲으로 갔다.

왕자가 숲에 이르자 도깨비는 왕자를 맞기 위해 모습
을 나타내었다. 이번에는 사막에서와는 달리 자신의 진
짜 모습 그대로였다. 종려나무만 한 키에 거대한 몸집,
굵은 기둥을 방불케 하는 두 개의 송곳니. 입은 독수리
의 부리 같았고, 끈적끈적한 털로 뒤덮인 몸에서는 고
름이 흘러내리고 있었다.

"어딜 가느냐? 서라! 너는 나의 밥이다!"

도깨비가 소리쳤다. 왕자는 담담하게 마주보며 그를
꾸짖었다.

"도깨비야, 이 숲에 들어설 때 나는 이미 각오를 했
노라. 그대가 나를 공격하는 것은 그대의 뜻이니 어쩔
수 없다만, 그대 또한 나의 공격에 마음의 준비를 해야
만 하리라."

도깨비가 다가오자 왕자는 첫 번째 무기를 던졌다.
그것은 불꽃이 되어 도깨비의 온몸을 태웠다. 그러자
도깨비는 얼음으로 변신해 불을 껐다. 두 번째 무기는
수백 개의 칼날이 되어 그의 몸을 겨냥했다. 하지만 칼
들은 도깨비의 끈끈한 터럭에 닿자 성냥개비처럼 달라
붙고 말았다. 도깨비가 몸을 흔들자 칼들이 후드득 떨
어져 내렸다. 세 번째 무기는 도깨비 앞에 펄펄 끓는

강을 흐르게 했다. 하지만 도깨비는 한걸음에 그 강을 뛰어넘고 말았다. 왕자의 네 번째 무기 역시 별 도움이 되지 않았다. 그렇지만 왕자는 물러서지 않았다.

"잘 들어라, 이 도깨비야. 그대는 아직 내 이름을 들어보지 못한 모양이로구나. 나는 다섯 무기를 가진 왕자다. 나는 이 숲으로 들어오면서 오직 나 자신에게 의지하리라 마음먹었다. 이따위 무기들은 한낱 장신구에 지나지 않는다. 이제 그대를 가루로 만들어주마."

왕자는 고함을 지르면서 도깨비에게 달려들어 오른손으로 힘껏 쳤다. 그러나 그의 오른손은 도깨비의 털에 철썩 들러붙고 말았다. 이번에는 왼손으로 쳤지만 그역시 마찬가지였다. 왼발 오른발 다 달라붙은 왕자는 머리로 치받았지만 그 또한 마찬가지였다. 이렇게 해서 왕자는 몸의 다섯 군데가 붙은 채 도깨비에게 매달린 꼴이 되었다. 그런데도 왕자는 조금도 놀라거나 두려워하지 않았다. 오히려 한층 더 기고만장해져 소리를 질러대었다. 도깨비는 왠지 의아한 생각이 들었다. 그가이 길목을 막고서 많은 사람들을 상대해 왔지만 이처럼 용감한 자는 본 적이 없기 때문이었다.

"젊은이여, 그대는 왜 나를 두려워하지 않는가?"

감히 잡아먹을 생각도 못하고 도깨비가 왕자에게 물었다.

"내가 무엇을 두려워하겠는가? 태어나면 한 번은 죽기 마련인 몸. 더구나 내 뱃속에는 무기가 한 가지 더 있으니, 그것은 벼락이다. 그대가 나를 삼키는 순간 벼락이 내 뱃속에서 작열하여 그대는 가루가 되고 말 것이다."

왕자의 다섯 번째 무기인 벼락. 그것은 무엇을 말하는 것일까? 어쨌든 도깨비는 왕자의 담대함에 손을 들고 말았다. 사자와도 같은 이 젊은이의 몸이라면 자기 위장이 아무리 튼튼하다고 해도 강낭콩만 한 살 한 점도 삭이지 못할 것이라 생각되었기 때문이었다. 도깨비는 왕자를 풀어주었다. 그러자 왕자는 오히려 도깨비에게 지혜와 자비가 무엇인지 깨우쳐 그를 착한 정령으로 거듭나게 해주었다.

두려움 없는 마음, 용감하고 강인한 정신. 그것의 이름은 바로 지혜다. 이로써 나는 아이들에게 자연스럽게 팔정도(八正道)에 관해 설명할 수 있게 된다. 바른 견해, 바른 생각, 바른 말, 바른 행위, 바른 생활, 바른 노력, 바른 기억, 바른 상태. 이러한 것들로 말미암아 네 가지의 성스러운 진리——즉, 고(苦)·집(集)·멸(滅)·도(道)를 향해 나아가는 길이 열리게 되는 것이다.

팔정도와 사성제(四聖諦)를 통한, 불퇴전의 사자와

같은 용기. 떠돌이 사내가 말했듯이 존재의 날개가 씨앗이라면 지혜는 존재의 씨앗이 아닐까.

엘도라도의 황금 성전

사원 주변의 황무지를 초지(草地)로, 초지를 녹지로 바꾸는 작업은 탄해 스님 때부터 시작된 일이었다. 스님은 수없이 시행착오를 겪으며 여러 해 동안 그 일에 진력하셨다. 멈춰 있지 않고 끊임없이 움직이는 땅, 모래로 흐르고 먼지로 흩날리는 흙을 고정시키기 위해서는 우리가 잡초라고 일컫는 그 흔하디흔한 풀들의 도움이 절실했다. 하지만 풀씨들은 너무나 가볍고 미세해서 땅에 뿌리를 내리기도 전에 어디론가 사라지고 말았다. 안개와 건조한 바람이 삼켜버린 것이었다. 그래서 스님은 돌들을 모아 돌 틈에서 싹이 터 오르도록 유도했다. 그런 식으로 일 년에 일정한 면적을 조금씩 풀밭으로 만들어나갔다.

벼과 식물이나 사초과 식물들은 그 뛰어난 번식력과 적응력으로 인해 녹화 사업의 일등 공신이 되어주었다. 그에 이어 질경이, 환삼덩굴, 쇠비름, 명아주, 마디풀, 도꼬마리, 냉이 종류들이 서서히 뿌리를 내렸다. 대체로 일년초인 이 풀들은 한번 자리를 잡으면 그 어떤 조건에서도 악착같이 버티며 개체 수를 늘려나갔다. 그때쯤이면 싸리나무나 칡, 찔레, 산딸기 같은 낙엽 관목들이 살아갈 수가 있었다. 이들 콩과 식물과 장미과 식물들은 정상적인 숲에서는 골치 아픈 존재이지만, 황폐화된 삼림이나 유년기의 숲에서는 더없이 고마운 토양 보호막이 되어주었다. 풀과 떨기나무와 가시덩굴이 뒤엉켜 있는 곳은 바람도 머리를 흔들며 비껴 가곤 했다.

여기까지 이르기가 쉽진 않았지만 일단 이러한 상태가 되면 토양의 안정도가 높아져 조금은 안심이 되었다. 버드나무나 사시나무 같은, 흰 털이 수북한 애드벌룬을 타고 먼 곳까지 날아다니는 씨앗들이 자리를 잡고 싹을 틔웠다. 어떻게 알고 이곳까지 왔는지 신기할 정도였다. 그에 뒤이어 떡갈나무가 왔고 개암나무가 왔고 물오리나무도 왔다. 그들은 결코 혼자 오지 않았다. 새들이 왔고 벌레들 또한 함께 왔다. 새들은 씨앗을 물고왔고 벌레들은 꽃가루를 배달했다.

몇 해에 걸친 이러한 변화에는 기다림과 인내가 필요했다. 꾸준한 관찰과 자연에 대한 깊은 이해력, 앞을 내다볼 줄 아는 지혜도 필요했다. 또한 무엇보다 씨앗이 필요했다. 이 모든 요구 조건에 가장 적합한 사람은 다름 아닌 떠돌이 사내였다. 그는 스님의 부탁을 받고 황무지를 돌아보고는 그 즉시 문제점을 파악했다. 그는 땅이, 풀이, 나무가 무엇을 요구하고 있는지 단번에 알아차렸다. 식물을 돕는 것은 다름 아닌 식물이라고 그는 생각했다. 식물과 식물 사이에는 천적도 존재하지만, 그러한 관계는 자연 상태에서의 경쟁을 통해 저절로 해결이 된다. 문제는 인공으로 조성되는 숲인데, 이 점에서 서로가 서로에게 조력자가 될 수 있는 식물들을 함께 살게 해주는 배려가 요구된다는 것이었다.

"어떤 사람들은 말하지요. 나무는 숲을 견디지 못한다고. 나무는 고독을 좋아하고 또한 철저한 이기주의자라고. 일견 옳은 말이지만, 그것은 조경업자나 묘목업자들의 관점에서 나온 견해예요. 마음껏 자랄 수 있는 넓은 공간에 딱 한 그루만 심었을 때 나무가 가장 멋지게 자라는 것은 사실이죠. 하지만 숲은 나무의 개념이 아니에요. 자아가 인간 전체를 설명할 수 없고 인간이 생물계 전체를 포괄할 수 없는 것과 같은 이치지요. 숲, 그것은 하나의 우주예요. 삼라만상이라고 할 때의 삼라만상 전부지요. 바로 이러한 시각에서 식물들에게 접근해 가야만 합니다."

지금도 그렇지만 그 당시에도 묘목의 값은 비쌌다. 비록 묘목이 있다 할지라도 그에 따르는 양육비가 만만

치 않았다. 일 년에 몇 차례씩 방역을 하고 영양제를
투여해야만 했다. 비료나 거름, 심지어는 나무에 맞는
토양을 만들기 위해 흙까지도 구입해야만 했다. 때문에
서민이 나무를 가꾸는 일은 쉽지 않았다. 화분 하나를
장만하는 것도 사치에 속했다.

쓸모없거나 그다지 값어치가 나가지 않는 종류를 제
외한 거의 모든 식물에는 그 식물을 증식 · 배양한 기
업의 브랜드가 붙어 있었다. 거기에는 응분의 로열티
가 포함되었다. 빈 땅이나 야산 할 것 없이 지천으로
풀과 나무가 자라던 시절은 이미 옛이야기가 되고 말
았다.

먼저 식물들이 하나 둘 이 땅을 떠나기 시작했다. 그
것은 눈에 띄지 않는 아주 느린 변화였다. 하지만 그
사태를 깨달았을 땐 너무나 갑작스럽고 급박한 상황이
되었다. 야생 상태에서 식물을 접할 수 있는 기회는 점
점 드물어졌다. 그들이 꽃을 피우거나 열매를 맺는 것
을 볼 기회는 더더욱 적어졌다. 수정은 인공으로 이루
어졌고, 식물들은 특수 설비를 갖춘 비닐하우스나 야외
실험장에서 성장했다. 어째서 이런 일이 일어난 것일
까?…… 그러한 물음은 때늦은 우문(愚問)이 되고 말
다. 식물보다 먼저 습지 생물이, 지구 생태계의 바로미
터인 양서류가, 그리고 숲 속의 동물들이 서서히 자취

를 감추고 있었던 것이다.

약초다 특용식물이다 하여 무분별하게 채취하거나 남벌한 탓도 있었지만, 무엇보다 대기 오염과 지구 온난화에 따른 생태계의 파괴가 크게 작용을 했다. 무엇이 무엇으로부터 비롯되고 결과되었는지 알 수 없을 정도로 이 모든 것이 한꺼번에 우리에게로 왔다. 내륙 깊숙한 적의 내습은 순식간에 우리의 심장에 창과 칼을 겨누었다. 오존 경보 속에서 도심의 식물들은 무더기로 죽어나갔다. 죽으면서 그들은 이산화탄소를 내뿜었다. 광우병에 걸린 소의 시체를 태우는 연기만큼이나 지독한 연기가 도시의 근린공원에서 뿜어져 나왔다. 그것에는 인간 광우병에 이은 식물 광우병이라는 이름이 붙여졌다.

상대적으로 공해로부터 멀리 떨어진 산지나 도서 지역들도 안전하지 않았다. 뻥 뚫린 하늘에서는 유해 자외선을 듬뿍 머금은 태양의 황금 소나기가 쏟아져 내렸다. 오존층의 파괴로 인한 일차 피해자는 일차 생산자인 식물들이었다. 숲은 단순해지고 빈약해졌다. 끊임없이 헐거워졌다. 울창한 숲은 여름에도 보기 힘든 광경이 되었다. 멸종되는 식물이 늘어나자 그에 앞서 종자를 채취하려는 사람들이 늘어났다. 종자 도둑질이 판을 쳤다. 국가와 국가 간의, 또는 대륙을 넘나드는 약탈이

횡행했다. 그것은 19세기 제국주의가 행한 것보다 더 무서운 약탈이었고 능욕이었다. 원시림과 다양한 생물군을 보유한 제3세계는 다시 한 번 열강의 희생양이 되었다. 무방비 상태에서 자기들만의 고유한 식물 자원들을 빼앗겼고, 뺏기고도 그 사실을 알지 못했다.

종자를 채취하여 보관·분양하는 사업은 거대 기업을 이루었다. 전 세계 네트워크를 장악한 다국적·초국적 기업으로 성장했다. 이제는 황금이 아니었다. 황금의 자리를 종자가 차지했다. 먹을 수도 없고 살아 있지도 않은 황금 대신 씨앗이 금값이 되었다. 엘도라도의 황금 성전은 씨앗으로 지어졌다.

신세계로부터

그것은 1960년대부터 시작된 아주 오래된, 치밀한 전략이었다. 식물 약탈에서 시작하여 식물에 의한 약탈로 마무리되는 제1세계 초국적 기업들의 생명 특허 프로젝트는 '녹색 혁명'이라는 이름으로 시작되었다.

1962년 록펠러 재단과 포드 재단이 공동으로 출자하여 필리핀에 설립한 '국제 벼 연구소(International Rice Institute)'는 1966년 다수확 품종의 벼를 개발하는 데 성공했다. HRV(High-Response Varieties), 고반응 종자라고도 일컬어지는 이 품종은 잡종 1대의 강세를 이용하여 개발한 종자로서, 줄기가 짧고 비료를 잘 흡수하며 결실기가 빠르고 수확량이 많다는 특징을 가지고 있었다. 녹색 혁명이라는 이름에 걸맞게 식량 증산과 기아 퇴치를 구호로 내걸고 개발된 이 품종은 쌀의 주요 생산국인 아시아를 대상으로 광범위하게 보급되었다. 그런데 문제는 이 품종의 다수확을 계속 유지하기 위해서는 해마다 잡종 1대의 종자를 다국적 기업으로부터 구입해야 한다는 데 있었다. 또한 단일 품종의 계속된 재배로 인해 병충해에 대한 저항력이 떨어지고 토양을 해친 결과, 신품종에 맞는 화학 비료, 살충제, 제초제 등의 사용이 불가피했다. 이들 제품 또한 종자와 함께 전량 수입되었다.

특정 선진국의 차관과 원조에 의존해야 했던 개발 도상국가들은 녹색 혁명이 갖는 긍정적인 측면의 완벽한 하수인이 되어갔다. 한 국가의 농업 정책이 그에 맞춰 진행되었다. 해마다 씨앗과 함께 농약을 구입해야 했으므로 영세한 농가는 더 이상 논농사를 지을 수가 없었다. 대대로 내려오는 토종 볍씨로 지은 쌀농사는 경쟁력이 떨어졌다. 뿐만 아니라 정부 수매의 대상에서도 제외되었다. 이어서 기계 영농이라는 대자본 농업 방식이 도입되었다. 그 기계들 또한 다국적 기업들로부터 왔다.

석유에 토대를 둔 녹색 혁명은 농업 근대화라는 명분 아래 동력과 비료, 농약, 제초제, 비닐과 PVC 제품 등 대부분의 농업용 자재들을 석유에 의존케 함으로써 석유를 소유한 자가 세계를 지배한다는 논리를 식량 문제에까지 확대시켰다. 이어서 나타난 것이 GMO(Genetically Modified Organisms), 즉 유전자 조작 농작물이었다. 제초제와 병충해에 대한 저항성 유전자가 강화된 이들 작물들은 콩, 옥수수, 감자, 토마토, 면화에 이르기까지 대량으로 재배되었다. 미국의 종자 기업 몬산토는 종자를 유전적 불임으로 만들거나 저장이 불가능하도록 하는 일회용 종자 개발에 박차를 가했다. 그도 안 되면, 다음 해에 심을 종자를 한 톨도 남기지 않겠다는 계약서에 서명케 하여 농민들이 철저하게 기업에 의존하도록 유도했다. 때문에 소자본 농민들은 농사를 포기하고 고향을 떠나야만 했다.

문제는 농업에만 국한된 것이 아니었다. "석유화학의 시대에서 생명공학의 시대로"라는 캐치프레이즈에 걸맞게 선진국의 관심은 제3세계 생물 유전자원에 쏠려 있었다. 신대륙의 발견 이후 20세기 중반까지 수탈의 대상이 되었던 금, 석유, 커피, 설탕과 같은, 제3세계 국가들의 물리적 자연자원은 더 이상 관심의 대상이 되지 못했다. 강매와 끼워 팔기로 개도국의 농업을 식민지화하여 막대한 자본을 축적한 다국적 농업 자본은 20세기 말에 이르자 마침내 그 거대한 음모의 실체를 드러내기 시작했다. 그것은 유전자 특허와 생물 특허를 통해 식물과 동물 등 살아 있는 모든 것을 장악하고 소유하고자 하는 악마적인 계략이었다.

새 밀레니엄이 시작되던 2001년, 마침내 인간 게놈 지도가 완성되었다.

미생물에서부터 인간에 이르는 거대한 유전자 시장이 형성된 것이었다. 이와 더불어 생명을 사유화하고 자본화하려는 최첨단 제국들이 속속 탄생했다. 제국에서 파견된 유전자 사냥꾼들은 예전에 노예 사냥꾼들이 그러했듯이 오지에 사는 토착민들의 유전 형질을 노렸다. 생물 도적질이 횡행했다. 신자유주의와 생명공학이 결탁된 도도한 행진은 베일이 벗겨진 생명의 처녀지 곳곳에 식민지를 건설했다. 아메리카 대륙에 도착한 콜럼버스가 마치 그 땅을 발명하기라도 한 것처럼 신대륙에 대해 특허권을 출원하는 격이었다.

유전자 특허청과 복제 인간

문득 떠오르는 풍경이 하나 있다.

그 무렵 유전자 특허청은 낙원상가 가는 길 어귀의 큰길가에 있었다. 그것은 이십 층이나 되는 대단히 큰 빌딩이었다. 계단을 올라가면 나타나는 현관의 유리 회전문 양옆에는 해태 같기도 하고 스핑크스 같기도 한 이상한 모양의 돌짐승 두 마리가 버티고 있었다. 그곳으로는 멋진 양복을 입은 수많은 사람들이 서류 봉투나 검은 가방을 들고 쉴 새 없이 드나들었다. 그 건물에는 뒷문이 있었는데, 그 문은 상가 옆 공원 쪽으로 통했다. 정문과는 대조적으로 뒷문은 회색 철문으로 되어 있었다. 문 옆에는 창문이 하나 달려 있었고, 그 안을 들여다볼 수는 없었지만 사람이 다가가면 어김없이 창문이 열렸다.

뒷문으로 드나드는 사람들 또한 정문과는 판이했다. 대체로 초라한 모양새이거나 병원 가운 비슷한 제복을 입고 있었다. 저녁 다섯시면 문을 닫는 특허청의 정문과는 달리 뒷문은 밤중에도 드나드는 사람들로 을씨년스런 쇳소리를 내곤 했다. 공원과 공원 주변에는 할 일 없이 배회하며 소일거리를 찾는 사람들이 많았으므로 갖은 소문들이 뒷문 출입자들을 에워싸고 떠돌았다. 그중에는 저들 가운데 소의 간이나 쥐의 유전자를 이식받은 사람이 있다든지, 체세포 복제로 태어난 쌍둥이가 있다든지 하는 황당하고 끔찍한 낭설도 있었다. 하지만 아직 어렸던 우리로서는 그 이야기가 사실무근한 소리로만 들리지는 않았다. 세상에는 '지킬 박사와 하이드 씨'도 있고 프랑켄슈타인 박사가 만든 인조인간도 있지 않은가. 동화나 만화를 통해 이미 그러한 이야기를 접했던 우리로서는 복제 인간이 낯설지가 않았다. 때문에 우리는 목요일마다 점쟁이 할아버지의 심부름으로 낙원 시장에 갈 때면 꼭 공원 벤치에 앉아서 유전자 특허청의 회색 철문을 눈이 빠지도록 지켜보곤 했다.

복제 인간은 절대로 함께 다니지 않는다는 사실을 알고 있었으므로 우리는 출입자들의 얼굴을 기억하기 위해 안간힘을 썼다. 판박이 두 인간을 통해 복제 인간이 존재한다는 사실을 입증해 보고 싶어서였다.

희망했던 바가 컸으므로 이따금 우리는 셋의 전폭적인 의견 일치로 복제 인간의 출현을 밝혀내고는 대단한 흥분에 환호성을 질렀다. 하지만 서로 다른 기억으로 인해 곧잘 우격다짐이 생기기도 했다. 노마는 고집스러웠으므로 자주 실랑이를 벌였다. 탕노는 그의 억지를 무시했지만, 지기 싫었던 나는 끝까지 그의 말꼬리를 붙잡고 늘어졌다.

"저 사람들은 악마에게 영혼을 팔았대."

"아냐. 그냥 피를 팔았을 뿐이야."

"그게 그거지!"

"그건 헌혈이라고 하는 거야."

"돈 받고 피를 파는 건 헌혈이 아냐."

"그럼 뭐야?"

"매혈이야. 아빠가 그랬어."

"매혈? 그게 뭐야?"

"영혼을 파는 거래."

"쳇!"

그것은 돌림노래와 같았다. 떠들기에도 지치면 시무룩한 침묵이 이어졌다.

"영혼을 판 사람들 뒤통수엔 바코드가 찍혀 있대."

잊을 만하면 노마가 또 들고 나섰다.

"바코드? 그건 또 뭐야?"

"전자인식감별장치라고 하는 거야."

"거 되게 어렵네!"

"그 표시만 있으면 사람이 투명인간처럼 다 들여다보인대."

"누가 그래?"

"우리 아빠가."

마지막 말은 기어코 내 심술을 부추겨놓았다.

"넌 무슨 애가 입만 벙긋하면 아빠 타령이냐? 돼지 심장에 돼지처럼 코를 곤다고 흥본 주제에."

이쯤 되면 싸움이 불가피했다.

영혼을 팔았다느니 복제 인간이니 매혈이니 하는 따위의 풍설로 머릿속이 뒤숭숭했으므로 그 무렵 우리는 거리에서 헌혈을 권유하는 적십자사 직원들만 봐도 소름이 돋았다. 흰색 가운을 입고 미소 짓는 여자들의 손에 이끌려 커튼을 친 버스 속으로 사라지는 남자들의 운명은 어떻게 될 것인가?

거리에서 우리는 아주 많은 유령들을 보고 있었다.

아도니스의 정원

'세계종자은행'은 전 세계에 지부를 두고 있었다. 우리나라도 예외는 아니었다. 종자은행은 씨앗의 거래와 유통은 물론이고 씨앗의 융자와 대출 등 모든 업무를 관장했다. 종자은행을 거치지 않은 씨앗의 유통은 법의 제재를 받았다. 범법자는 마약사범이나 위폐범보다 더 과중한 처벌을 받았다. 거기에는 국제법이 적용되었다. 전과가 있는 사람은 세계 어디를 가더라도 감찰의 대상이 되었다.

종자은행은 세계은행이나 국제통화기금보다 더 실질적이고 큰 힘을 가지고 있었다. 종자거래법에 연루된 범법 행위는 인터폴의 특수전담반에 의해 단속되었다. 그러나 엄청난 수요와 가치가 창출되는 황금 시장이 그러하듯이, 종자시장 또한 암시장의 생성을 막을 수는 없었다. 씨앗의 밀수와 밀매는 한편으론 박탈당한 씨앗 주권에 대한 저항이라는 점에서 민족주의적인 성격을 띠었다. 그것은 아주 민감한 문제였다. 씨앗 밀수꾼과 밀매 상인들은 자국에서는 의적이나 대도(大盜)로 추앙되었다. 시민들은 그들을 보호하거나 숨겨주었고, 그들의 체포 현장에는 원망 어린 시선들이 오고 갔다. 경찰은 종자 밀수와 밀매 신고에 대해 아주 높은 포상금을 책정했다.

'아도니스의 정원'은 그 무렵 밀거래 단속반에게 있어서 가장 골치 아픈 존재였다. 그것은 암시장 최고의 히트 상품으로서, 그 뿌리를 확인할 수 없는 이상한 방식으로 유통망을 넓혀나갔다. 사람들은 싼값에 예쁜 화분 하나를 구해 집에서 가꿀 수 있었으므로 매우 만족해했다.

'아도니스의 정원'은 화분 위에 만들어진 작은 정원이었다. 삼십 센티미터 높이의 차나무 한 그루를 송악 덩굴이 감고 있고, 이끼로 덮인 바닥에는 콩짜개난이

자라고 있었다. 남쪽 지방에서 올라온 상록성의 이 식물들은 몹시 아름다웠다. 늦가을에 흰 꽃이 피는 차나무는 그 보드랍고 쫑긋한 새순으로 봄이면 다향(茶香)을 뿜었고, 송악은 조금 거칠고 강한 느낌의 덩굴로 차나무 주위에 천연의 울타리를 두르고 있었다. 그 아래엔 차마 난(蘭)이라고 하기엔 너무 작고 여린, 반으로 쪼개놓은 콩 모양의 동그란 잎들이 솔이끼 위에서 방실 웃음 짓고 있었는데, 그것이 바로 콩짜개난이었다.

그것은 보기만 해도 흐뭇한, 아주 조화로운 풍경이었다. 남쪽 섬의 향기가 온몸을 휘감는 듯했다. 이 네 식물들이 만들어내는 화음과 합주는 현악사중주에 비할 만한 것이었다. 풀과 나무들이 사라진 황량한 도시에서 가난과 고통 속에 근근이 하루하루를 살아가는 서민들에게 정원은 축복 그 자체였다. 사람들은 세례받는 기분으로 그 화분을 샀다. 어떤 집에서는 가족마다 자기 이름을 붙인 화분을 하나씩 가꾸기도 했다. 밀거래를 단속하는 경찰관들도 정원을 가꾸고 있다는 소문이 떠돌 정도였다.

종자은행은 정원의 밀거래를 단속할 수는 있었지만 가정에서 그것을 가꾸는 것마저 금할 수는 없었다. 그것은 씨앗이 아니기 때문이었다. 따라서 하루빨리 그 상품의 밀조 현장을 알아내는 것이 급선무였다. 그런데 어찌된 노릇인지 몇 해가 지나도록 수사망엔 개미 한 마리 걸려들지 않았다. 온 국민이 작당해서 그 일을 모의하고 추진하고 있는 듯했다. 당국은 TV나 신문을 통해 정원의 불법 유통이 얼마나 심각한 범죄 행위인지 거듭 홍보했지만 아무런 소용이 없었다. 대통령의 국민 담화문까지 발표되었으나 그뿐이었다. 그러한 행위는 오히려 정원이라는 상품을 널리 알리는 데 일조할 따름이었다. '사회 기강의 와해', '도덕성의 실추', '공권력에 대한 도전' 등 거창한 타이틀을 걸고 경찰은 범인 체포에 총력을 기울였지만, 국민들로서는 그러한 소동이 고소하고 재미있을 뿐이었다.

아름다움의 여신 아프로디테의 애인으로서 일 년의 절반은 지하세계에서, 나머지 절반은 연인과 함께 지냈던 미소년 아도니스를 떠올리는 사람은 별로 없었지만, 어쨌든 '아도니스의 정원'은 죽음과 부활을 되풀이하는 식물의 영원한 상징으로서 우리를 찾아왔다. 그것은 또 다른 식물들, 우리가 잃어버린 녹색의 친구들이 어쩌면 다시 돌아올지도 모른다는 가슴 설레는 희망을 우리에게 주었다.

경찰은 그 정체를 알 수 없는 정원의 밀조 상인에게 '아도니스'라는 이름을 붙였다. '가칭' 또는 '잠정적'이라는 토를 달았지만, 세월이 흐르면서 그것은 전

국민에게 회자되는 이름이 되었다. 그 이름은 예수나 마호메트나 미륵불만큼이나 친숙한 것이었다. 공공장소 어디서나 볼 수 있었던 그 시절의 수배 벽보는 이러했다.

현상 수배범 아도니스.
이자를 신고하거나 이자에 대한 정보를 제공하여 체포에 결정적인 단서를 제공하시는 분에게는 3억 원의 포상금을 드립니다.

아도니스, 아도니스……. 그 이름은 기도와 같았다.

아도니스는 누구인가?

어떤 점에서는 그럴 만도 한 일이었다. 떠돌이 사내가 바로 그 아도니스가 아닐까 의심을 받았던 것은.
먼저 그가 가지고 있었던 씨앗이 문제가 되었다. 떠돌이 사내와 함께 방을 쓰던 혜근(惠勤) 스님이 우연히 걸망 속에 든 씨앗을 보게 된 것이었다. 게다가 스님은 그가 숲 속에서 아무도 모르게 자기만의 정원을 가꾸고 있다는 사실도 알게 되었다. 젊은 스님은 그것이 얼마나 위험한 행위인지 알고 있었으므로 그 즉시 탄해 스님을 찾았다.

"저와 한 방을 쓰는 낯선 사람 말인데요, 아무래도 그가 수상하다는 생각이 듭니다."

"뭐가 수상한데요?"

"한두 가지가 아니에요. 우선 그는 씨앗을 가지고 있습니다. 신고되지 않은 것이 분명한데, 그건······."

"그 사실은 나도 알고 있습니다."

탄해 스님이 말허리를 잘랐다.

"또 뭐가 수상한가요?"

"최근 보름 가까이 밤이 돼도 숙소로 돌아오질 않더군요. 한번은 뒤를 미행해 보았습니다. 그랬더니······."

혜근 스님은 문득 내 쪽을 돌아보았다. 스님은 숲 속의 비밀 정원을 보았음이 틀림없었다. 또한 그곳에서 탕노와 노마와 함께 있는 내 모습도 보았으리라. 나는 시치미를 떼고 그 지루한 경전 옮겨 쓰기를 아주 재밌다는 양 계속해 나갔다.

"말씀해 보세요."

탄해 스님이 채근했다.

"그는 외딴 숲 속에서 밭을 일구고 있었습니다. 풀이며 덩굴 등을 잔뜩 심어놓고서. 그 옆에다 산막까지 지어놓고 말입니다. 그러곤 알몸에 가까운 차림으로 바이올린을 켜며 춤을 추었어요."

혜근 스님은 다시 내 눈치를 살폈다. 춤! 그렇다. 그
는 우리들이 춤추는 것도 보았던 것이다.

"그랬더니……."

그는 자기가 본 것에 대한 놀라움과 의심에 말을 더
듬거렸다.

"그래서요?"

스님이 다시 채근했다.

"제가 잘못 본 것이 아니라면…… 글쎄, 식물들이 음
악에 맞춰 쑥쑥 자라나기 시작하는 거였어요. 눈으로
볼 수 있을 정도로 말입니다. 어떻게 그런 일이……."

"저도 그 광경을 보았어요. 그는 놀라운 능력을 가지
고 있더군요. 하지만 음악과 노래가 나무들을 춤추게
하고 식물의 성장을 돕는다는 건 아주 오래전부터 잘
알려진 사실이에요. 새삼스러울 게 없지요. 부처님 말
씀에 감동한 나무들이 꽃비를 뿌려 축복했다는 글을 기
억하시겠지요?"

"그렇지만……."

"혜근 스님."

스님이 정색을 하며 말을 끊었다.

"스님이 본 것을 다른 누구에게 이야기한 적이 있나
요?"

"아뇨, 아닙니다."

"그렇다면 좋습니다. 스님은 상대의 허락도 없이 남의 소지품을 뒤져보고 뒤를 미행하는 등 수도승으로선 해선 안 될 행위를 했습니다. 그 점은 저도 잊을 테니 씨앗과 숲 속의 일도 잊으십시오. 차후에 자리를 빌려 대중들에게 내 소상히 설명을 드릴 것입니다. 그때까진 아무쪼록 수도에만 전념하시길 바랍니다."

혜근 스님은 멀쑥하게 서 있다가 돌아서려다 말고 이런 물음을 던졌다.

"근데 스님, 설마 그가 아도니스라는 현상범은 아니겠지요?"

떠돌이 사내에 대한 소문은 의외로 빨리 사원 바깥으로 퍼져나갔다. 씨앗 밀거래 단속반의 반장이 큰스님을 찾아온 것은 혜근 스님과의 면담이 있은 지 며칠 되지 않아서였다.

반장은 떠돌이 사내와 만나 이야기를 나누고 싶어했으나 스님은 이리저리 핑계를 대며 자리를 마련해 주지 않았다.

"안심하게. 내가 책임지고 보증할 수 있는 사람이라네."

스님은 이 말만을 되풀이했다.

"죽을 지경입니다."

작고 다부진 체격의 반장은 화엄교를 건너 삼십여 분 걸어오느라 힘이 들었는지 손수건으로 연신 땀을 닦으며 말했다.

"그놈의 화분 말예요. 대체 그게 어디서 어떤 경로로 나돌고 있는지 우린 삼 년째 아무런 단서도 잡질 못하고 있어요. 사람들은 정원인지 뭔지 하는 화분을 좋아하고 저 역시도 그러려니 하지만 종자은행의 압력이 어찌나 강한지 견딜 수가 있어야죠. 그러니 스님, 절 좀 도와주셔야 합니다."

그는 외부로 반출하지 않는다는 합의 아래 사원에서 자체적으로 관리하고 있는 종자에 대해서도 그다지 탐탁지 않아 하는 상관들 이야기를 했다.

"이보게……."

스님이 그를 타일렀다.

"우리 아궁이에는 백 년이 넘도록 꺼뜨리지 않고 지켜오고 있는 불씨가 있네. 씨앗 또한 마찬가질세. 그건 우리 사원의 씨불과 같은 것이라네."

"그러니 소문을 조심하셔야죠. 저잣거리엔 집신지 뭔지 하는 떠돌이에 대한 소문이 파다해요."

"어떤 소문 말인가?"

"그가 스님의 황무지 녹화 사업을 돕고 있다면서요?"

"그게 어때서 그러나?"

"그건 좋아요. 하지만 그가 엄청난 씨앗을 소유하고 있다는 소문은 어떻게 된 거죠? 그게 사실인지 어떤지는 모르지만, 그러한 소문이 상부기관에 들어갈 경우엔 저도 스님을 더 이상 살펴드릴 수 없다 이겁니다. 사람들은 그를 아도니스라고 믿고 있어요. 아도니스, 아시겠어요? 아도니스는 주님, 그것도 식물들의 주님을 뜻한다면서요? 그가 부활하면 죽었던 식물들이 모두 잠에서 깨어난다면서요? 부인하지 마십시오. 저도 글줄깨나 읽은 놈입니다. 그것이 사실이라면 위험천만한 일이에요. 인터폴의 용병들이 밀어닥치면 모든 게 제 영역 밖의 일이 될 테니까요. 그땐 누구든 십자가를 짊어져야만 할 거예요. 누구든! 아시겠어요?"

씨앗박물관

씨앗. 나라 안에서 씨앗의 소유권이 인가된 곳은 오직 세 군데였다. 종자은행과 씨앗박물관과 우리 사원이 바로 그것이었다. 이 중 종자은행을 뺀 두 곳은 정해진 구역 안에서 자체적으로 씨앗을 관리할 수 있는 권한만을 가지고 있었다. 만약 그곳의 씨앗이 반출되면 씨앗

소유권에 치명적인 제재가 가해지게 되어 있었다. 아직 그런 일이 발생한 적은 한번도 없었지만, 종자거래법은 그러한 위반 사항에 대해 가혹할 정도로 엄한 법규를 적용하고 있었다.

어떻게 보면 세계의 종자시장을 장악한 종자은행으로서는 박물관과 사원이 소유하고 있는 씨앗은 눈엣가시와 같은 것이었다. 그것의 유통은 법적으로 차단시켰지만, 만에 하나 있을 수 있는 유통의 가능성은 계속해서 불안의 불씨가 되었다. 현대 사회에 있을 수 없는 성역, 한 국가의 정서를 완전히 무시한 채 그 영역에까지 전권을 행사할 수 없는 안타까움에 종자은행은 전전긍긍했다. 자기들이 미처 수집하지 못한 토종 씨앗들을 두 곳에서 철저하게 보호하고 있었으므로 더더욱 그러했다.

떠돌이 사내는 자신의 누추한 걸망 속에 씨앗을 지니고 있었고 사원은 종류에 따라 곳간과 저장 창고 두 곳에 씨앗을 나눠 보관하고 있었지만, 씨앗박물관은 씨앗의 전시와 보관에 있어서 가히 씨앗을 위한 궁전이라고 할 만큼 훌륭한 시설을 갖추고 있었다. 수십 년간 국내는 물론이고 전 세계를 여행하며 씨앗을 수집해 온 옛 관장은 종자전쟁이 있기 훨씬 전부터 박물관이라는 하나의 청사진을 위해 생애를 바쳐왔다. 그가 그렇게 할 수 있었던 것은 씨앗들이 그에게 준 감동 때문이었다고 한다.

관장은 탄해 스님과도 친분이 두터웠으므로 나는 여러 차례 그분이 하시는 말씀을 들을 수가 있었다. 먼저 그는 씨앗들의 아름다움에 매료되었다. 그리고 그 정교함과 강인함은 그가 씨앗에 대해 공부를 계속해 나갈수록 감탄을 금치 못하게 했다. 신비로움과 정밀함의 결정체로서의 단순함은 오이디푸스가 스핑크스의 수수께끼에 해답을 던지는 순간만큼의 통렬함을 주었다.

단순함. 바로 그것이었다. 더없이 작고 더없이 단단하고 더없이 완전한 형태. 뺄래야 뺄 수 없고 더할래야 더할 수도 없는 아름다움. 그 식물에게 있어선 생명의 핵이면서 우주적인 상상력에 있어서는 크고 무수한 동심원들의 한 점 중심을 이루는 것……. 이와 같은 사실과 마주했을 때 그는 비로소 삶의 실체를 발견한 것처럼 기뻤다고 말했다. 그 기쁨은 신약성서나 초기 불교 경전을 읽을 때의 즐거움을 넘어서는 것이었다.

그 기쁨, 그 감동이 예찬으로 터져 나온 형태가 바로 씨앗박물관이었다. 그는 자신의 생명까지 포함한 자신의 모든 것을 거기에 쏟아 부었다. 박물관은 그가 남긴 씨앗, 세상에서 가장 아름다운 씨앗이었다. 아름다움을 완성하는 아름다운 존재로서의 씨앗은 아름다움이, 어쩌면 찬미가 우리를 구원할 수 있을지도 모른다는 일말의 희망을 우리에게 주었다.

씨앗을 위한 궁전

전시실의 내부는 어두웠다. 천장에 고정된 작은 전구들이 띄엄띄엄 어둠에 행갈이를 하고 있었다. 그곳은 마치 부화장이나 태실(胎室) 같은 느낌을 주었다.

박물관 입구에 들어서면 나타나는 원형의 거대한 홀은 식물원을 방불케 했다. 야자나무, 반얀나무, 고무나무 같은 열대 식물들이 삼십 미터 높이에 설치된 채광창을 뚫고 나갈 듯이 우람하게 솟아 있었다. 후끈한 열기와 윤습한 공기가 끊임없이 배양·증식되는 생명의 기운 같은 것을 느끼게 했다. 중앙 분수대에서 솟아 자갈돌 깔린 수로를 따라 흐르는 물소리, 새소리가 전혀 딴 세상에 온 것 같은 인상을 주었다.

전시실은 원통형의 정원을 중심으로 십자 모양으로 갈라졌고, 전시실 위층에는 격벽 없이 하나로 통하게 된 원형의 시청각실이 자리 잡고 있었다. 그 특이한 형태의 건축물은 멀리서 보면 비행접시 같은 인상을 주었다. 건물의 외벽이 은색의 금속으로 되어 있어 더더욱 그러했다.

씨앗들은 동서남북 네 방위로 뻗은 십자형의 전시실 양쪽에 진열되어 있었다. 씨앗을 보기 위해서는 먼저 진열장 하단에 부착된 단추를 눌러야만 했다. 그러면 어둠 속에서 씨앗이 발아하듯이 유리 상자에 불이 들어왔다. 씨앗은 그 가운데, 작은 크리스털 상자 속에 보관되어 있었다. 그 주위에는 씨앗의 발아에서부터 성숙, 개화, 결실에 이르기까지 씨앗의 전 생애가 사진이나 그림으로 전시되어 있었다. 불은 오 분이 지나면 자동으로 꺼졌다. 그 어둑한 공간에서 반딧불이처럼 명멸하는 불빛들은 휴면 중인 씨앗들의 아득한 맥박처럼 느껴졌다.

어떤 씨앗은 너무나 작기 때문에 크리스털 상자에 부착된 돋보기를 통해서만 볼 수가 있었다. 그 정교함, 완벽한 균형미, 중심에서 벗어나지 않는 대칭성을 제대로 감상하기 위해서는 확대경이 꼭 필요했다. 그런 곳에는 어김없이 볼록 렌즈가 설치되어 있었다. 민들레나 뽀리뻉이, 할미꽃 같은 풍매화의 씨앗은 바람에 떠 있을 때의 자연스러움을 감안하여 유리 진공관 속에 넣어 전시하기도 했다. 어떤 씨앗은 꽃이 저물고 꽃대 위에 씨앗만 남았을 때의 상태 그대로 전시되어 있기도 했다. 이처럼 어디 한 곳 소홀함이 없는 정성과 배려는 가슴을 뭉클하게 했다.

일층의 전시실이 어둡고 고요하고 내밀한 데 반해 이층의 시청각실은 꽃과 빛과 소리의 일대 파노라마로 환상적인 공간을 빚어내고 있었다. 위대한 여행자인 식물의 여행 형태에 따른 수십 가지의 여행기가 영상을 통해 펼쳐졌다.

넘실거리는 파도에 실려 항해하는 야자나무 열매. 카리브 해에서 출발하여 육천사백 킬로미터나 떨어진 유럽 대륙까지 헤엄쳐 가는 바다콩 씨앗. 헬리콥터의 회전 날개를 달고 날아가는 단풍나무 씨앗. 글라이더 모양의 얇은 종잇장 같은 날개를 달고 아주 느린 속도로 활강하는 소나무 씨앗. 바람을 이용해, 또는 사람의 옷이나 짐승의 털을 이용해, 더러는 맛있는 열매를 덤으로 얹어줌으로써, 더러는 침묵의 고집스런 밀도를 폭죽처럼 터뜨림으로써 떠나는, 떠나가는 씨앗들의 험난한 여행은 린드버그나 아문센의 모험에 견줄 만한 것이었다.

씨앗. 위대한 연금술사인 식물, 바로 그 식물의 존재를 황금으로 변성케 하는 현자의 돌인 씨앗. 그렇다. 그곳에 가면 씨앗이 대지라는 큰 부처의 아기집에서 자란 태내불(胎內佛)임을 알 수 있었다. 그로부터 아름다운 길, 꽃가루의 길이 시작됨을.

사막의 새장풀

세상의 모든 씨앗은 그곳에 있었다. 그럼에도 떠돌이 사내는 씨앗박물관을 별로 탐탁지 않아 했다. 그곳에 들어서서 그가 말한 첫 마디는 다음과 같은 것이었다.

"답답해!"

나는 그것이 열대 식물원이 내뿜는 후텁지근한 열기 때문이라고 생각했다. 그러나 다소 건조하고 쾌적한 전시실에 들어가서도 그의 불편함은 나아질 기미를 보이지 않았다.

"야카, 이곳은 너무 답답해!"

그는 어린아이처럼 칭얼거렸다.

"왜 답답하지? 아저씨가 좋아하는 씨앗들이 이렇게나 많은데. 이곳은 천국이에요. 씨앗들의 천국."

"야카, 이건 씨앗이 아냐. 씨앗의 박제, 씨앗의 화석일 뿐이야."

나는 그의 말을 이해할 수가 없었다.

"이것 봐요. 얼마나 멋있어요?"

나는 '향나무'라고 쓰여 있는 진열장의 버튼을 눌렀다.

"다이아몬드가 박힌 축구공 같아."

암갈색의 때죽나무 씨앗은 모양이 럭비공 같았다. 나는 여기저기 손 닿는 대로 버튼을 눌러 불이 들어오게 했다. 하지만 그는 여전히 시무룩했다.

"야카, 이러면 안 돼. 이곳은 씨앗들이 있을 곳이 못 돼."

자꾸만 나가자고 보채는 바람에 나는 하는 수 없이 이층으로 그를 데리고 갔다. 그러자 그는 기분이 조금 나아지는 듯했다. 생생한 영상을 통해 씨앗들의 여행기가 펼쳐지자 그는 뻣뻣하게 세웠던 어깨의 힘을 풀고 의자에 앉았다. 파도 소리, 바람 소리, 새소리, 계곡의 물소리 등 자연의 소리들이 씨앗을 에워싸고 더러는 친구로서, 더러는 포식자로서 부딪치고 어우러지는 장면들은 한 편의 영화를 보고 있는 듯했다.

"저건 새장풀이야."

문득 그가 말했다. 멀티비전에는 찌그러진 양재기나 광주리 모양의 이상한 물체가 바람에 쓸려 이리저리 굴러다니고 있었다.

"사막에서 자라는 풀이야. 거센 바람에 뿌리가 뽑히게 되면 풀은 새장처럼 둥글게 몸을 말고서 저런 채로 마냥 떠밀려 다니지. 모래 귀신이나 해골 뼈다귀처럼. 하지만 저 안엔 씨앗이 있어. 풀은 이미 죽었지만, 죽은 상태에서의 긴 여행을 통해 바람이 불지 않는 아늑한 모래 언덕에 씨앗의 둥지를 마련해 주지."

"죽었지만 죽은 게 아닌 셈이네?"

내가 말했다. 그러자 그는 나를 보며 크게 입을 벌린

채 소리 없이 웃었다.

"씨앗들이 너에게 이야기해 주지 않았니? 죽음이란 존재하지 않는다고. 다만 몸과 이름이 바뀔 뿐이라고."

어쨌거나 나는 그의 웃음을 다시 보게 되어 기분이 좋았다.

잃어버린 정원

돌이켜 보면, 두 사람은 이미 오래전부터 서로를 잘 알고 있었던 듯했다.

고인이 된 박물관장은 아들과 함께 자주 사원을 찾았었다. 나는 몇 번 먼발치에서 아들을 보았으나 특별히 기억나는 점은 없었다. 모르긴 해도 나에 대한 그의 기억 또한 매한가지였으리라. 그러한 그가 사원에서 왔다고 우리를 자신의 사무실로 초대한 데에는 나름대로 까닭이 있는 듯했다. 젊은 관장은 아버지의 뒤를 이어 박물관을 관리하고 있었지만, 아버지가 돌아가신 뒤로는 일체 사원과 발길을 끊고 지내왔었다.

그의 사무실은 지하에 있었다. 우리는 경비원의 안내로 비스듬히 경사가 진 복도를 한참 동안 걸어 내려갔다. 도중에 개미굴의 지하 방처럼 자리 잡은 사무실들을 지나 다다른 곳은 박쥐의 서식지처럼 어두컴컴한 곳이었다. 나는 무슨 흡혈 백작의 성에 끌려온 듯한 기분이었다. 그는 손님에 대한 배려로 스탠드 램프에 불을 밝혔으나 그러한 부분 조명으로는 책으로 가득 찬, 도서관 열람실 크기의 방을 밝히기엔 역부족이었다.

젊은 관장은 자리에서 일어나 정중하게 우리를 맞았다. 그러고는 탄해 스님의 안부를 물은 다음 차와 비스킷을 권했다.

"올빼미는 예로부터 지혜의 상징으로 일컬어져 왔지."

내가 테이블 위에 놓인 올빼미 조각에 관심을 보이자 그가 말했다. 안경을 쓰고 발가락 사이에 횃불 한 쌍을 꽂아 든 올빼미의 양옆에는 두 개의 촛불이 놓여 있었다.

"그건 십육 세기 독일의 연금술사 하인리히 쿤라트가 휘장으로 사용하던 조각이야. 거기에 쓰인 글귀를 소리 내어 읽어보겠니?"

올빼미의 발 앞엔 다음과 같은 문구가 새겨져 있었다. "보려 하지 않는다면 횃불과 빛과 안경이 다 무슨 소용인가?"

"나는 요즘 두 가지 것을 생각하고 있습니다."

테이블을 사이에 두고 마주 앉자 그가 대뜸 떠돌이 사내를 바라보며 말했다. 마치 고해성사라도 하는 듯한 말투였다.

"독살과 음독이 바로 그것입니다."

일갈 같은 난데없는 한마디였지만 떠돌이 사내는 표정 없이 침착했다.

"이곳에 있는 씨앗의 오분의 일은 독을 지닌 식물의 씨앗이에요."

젊은 관장은 시종일관 미소를 띤 얼굴이었다. 자로 잰 듯한 미소는 흐트러지는 법이 없어 얼굴 전체를 가면처럼 느껴지게 했다. 젊은 나이에 일찍 탈모증이 생겨 이마 위가 훤히 드러난 탓도 있었지만, 그의 넓은 이마는 하관이 발달된 얼굴과 균형을 맞추며 아주 밝은 빛을 띠고 있었다.

"그 독이면 전 세계 종자은행의 간부들을 독살하고도 남을 양이지요. 마음만 먹는다면 소리 없이, 피 한 방울 흘리지 않고 끝낼 수가 있답니다."

그는 은테 안경을 벗어 테이블 위에 놓았다.

꼭 다문 그의 입술은 비수를 물고 있는 듯했다. 나는 그의 존재가 면도날이나 살얼음처럼 얇게, 너무 얇게 느껴졌다.

"식물들은 왜 그 독을 인간을 향해 뿜지 않는 것일까요? 꽃과 향기와 꿀과 수액으로 인간을 기쁘게 하듯이 왜 자신들의 최고의 무기인 독으로는 인간을 유혹하지 않는 것일까요? 독으로 유인한다면 자신들의 아름다움으로써 인간을 단죄하고 멸할 수도 있을 것을."

그의 시선은 이제 어둠 속으로, 그 저편에 있는 서가의 장서들 쪽으로 향했다.

"책들, 저 책들도 독이에요. 가슴속 독샘, 지구 정수리에 있는 독의 천지(天池)에서 퍼 올린 세상의 독이에요. 저 독으로 수많은 천재들이, 수많은 예언자들이 세계를 독살하려고 했지요. 죽어라, 죽어라! 죽어서 거듭나라! 죽지 않고 생(生)하지 말라!──이것이 그들의 다라니였지요. 그들의 기도였지요. 하지만 세상은 죽지도 거듭나지도 않았어요. 그래서 이 꼴이 되고 만 것입니다. 만신창이에다 늙고 추하고 흉물스러운. 그 자체가 독이 되고 만 것이지요."

그는 잠시 침묵을 지켰다. 그가 다시 입을 열었을 때 그의 목소리는 조금 전의 가지런함을 잃고 어딘지 갈라진 듯한 느낌을 주었다.

"그래요. 세상은 우리에게 독이 되고 말았어요. 원하든 원치 않든 죽음의 의사들은 우리에게 죽음에 이르는 처방전을 써주고 있어요. 그 독은 빛과 물과 바람과 흙 어디고 퍼져 있어 피한다는 건 불가능한 일이지요."

이제 그의 음성은 합수(合水) 지점에 이른 두 물줄기처럼 확연하게 대비되고 있었다. 하나는 맑고 약간 높은 소년의 음성이었고, 다른 하나는 낮고 어둡고 쿼쿼

한 노인의 음성이었다. 처음에 두 음성은 하나가 되어 부드러운 톤의 남성 음역을 유지했으나 시간이 갈수록 뱀의 갈라진 혀끝처럼 두 가닥으로 나뉘고 있었다. 하류에서 하나가 되었던 물이 분리되어 각각의 원천으로 역류하고 있는 듯했다.

"나도 이참에 새로운 독극물 하나를 만들어볼까 합니다. 나도 이참에 전 세계를 향해 극약 처방을 내려볼까 합니다. 천 가지의 서로 다른 독, 만 가지의 오래되고 치명적인 독을 섞어 나도 내 심장 속에 독을 뿜는 샘 하나를 가져볼까 합니다. 독으로 생각을 만들고 독으로 언어를 빚고 독으로 시를 써서 독의 책 한 권을 만들어 볼 생각입니다. 세상을 독살시킬 수 있는 표독스런 책, 세상의 독인 책을!"

나는 비스킷을 씹다 말고 꿀꺽 삼키고 말았다. 때문에 사레가 들어 한동안 기침을 삼키느라 곤욕을 치러야만 했다.

"가뢰라는 곤충은 맹독성 식물인 속새를 복용함으로써 자신의 몸에 독성을 비축한다고 합니다."

그는 계속해서 말했고 떠돌이 사내는 계속해서 침묵을 지켰다.

"녀석의 다리 관절에서는 인체의 중추 신경을 자극하는 칸타리딘이라는 독성 물질이 분비되지요. 생명에 지장이 없을 만큼씩 독을 먹고 독에 대한 면역을 기르는 것. 항독(抗毒)하는 것. 그러면서도 중독되지 않는 것. 그리하여 마침내 독의 생산자로 당당하게 등극하는 것. 한 마리의 곤충이 해낸 일을 사람이 못해 낼 리 없지요."

조금 전에서야 발견했지만, 그의 이마에는 인두로 지져놓은 것 같은 팥알 모양의 이상한 흉터가 있었다. 그것은 그가 고개를 약간 갸웃거릴 때면 불빛을 받아 희미하게 빛을 발했다. 나는 절에서 몇몇 젊은 스님들을 통해 그러한 흉터를 접한 적이 있었다. 스님들은 그것을 분화구, 활화산의 분화구라고 말했다. 화두를 들고 참선 수행할 때 기(氣)가 머리로 몰려 생기는 일종의 선병(禪病)이었다. 그렇다면 그는…….

"어때요, 이제는 우리와 함께 일을 해보는 것이? 당신의 형편없는 씨앗으로는 결코 그 일을 해낼 수 없다는 걸 누구보다도 스스로가 잘 알고 있을 것입니다. 이곳 지하실엔 영하 이십 도 상태에서 영구 보관 중인 씨앗들이 얼마든지 있습니다. 이 모두를 당신께 드리지요. 우리와 함께 우리의 낙원을 만들어봅시다. 화염의 칼로 울타리를 두른 금단의 땅을. 해 뜨는 아침에서 태양의 속도로 세계의 서쪽 끝까지 우리의 독을, 독의 씨를 퍼뜨릴 정원, 에덴의 정원을 말입니다."

설득의 기미가 느껴졌는지 그는 더욱 열정적으로 말의 고삐를 당겼다.

"당신은 어디를 가나 밀입국자, 이방인일 뿐 당신의 조국인 이 땅 어디에도 당신의 나라는 존재하지 않습니다. 얼마나 더 떠돌 건가요? 왕과 사제 사이에 또 하나의 길이 존재한다는 믿음을 이제는 버리세요. 왕국과 신전이라는 두 세계의 유혹 사이에서 힘과 신성함을 동시에 추구할 수 있다는 헛된 믿음을 말입니다. 왕국은 만드는 자의 것입니다. 지금의 늙고 병든 세계를 지배하고 관리하는 자들에게 늙고 병든 세계를 송두리째 주어버립시다. 늙고 병든 채로 죽게 내버려두십시다. 바로 그로부터, 그들의 집단 자살로부터 우리의 왕국이 탄생될 테니까요."

떠돌이 사내의 침묵은 완강했다. 그것은 아예 상대와의 대화를 거부하겠다는 저항 그 자체였다. 이쯤 되자 젊은 관장도 지치는 듯했다.

"좋아요."

그는 여전히 미소를 잃지 않은 얼굴로 말했다.

"기다리죠. 어차피 시간은 우리 편이니까요. 증오는 우리의 희망이니까요. 어둠과 어둠의 힘, 나는 그것들을 증오합니다. 당신도 역시 그것들을 증오하고 있죠. 그러니 이제는 말하세요. 증오한다고. 증오가 나의 사랑이며, 사랑의 방식이자 무기라고."

그는 갈라진 음성으로 마치 두 사람인 것처럼 느닷없이 웃음을 터뜨렸다.

나는 더 이상 이 어두운 곳에서 저 불길하기 짝이 없는 사내와 함께 있는 것이 견딜 수가 없었다. 나는 그의 말을 모두 이해할 수는 없었지만 그것이 얼마나 불경스럽고 악마적인 것인지는 그의 어조와 눈빛만으로도 짐작할 수 있었다. 나는 한시라도 빨리 이곳을 떠나자는 생각에서 떠돌이 사내 쪽을 돌아보았다. 그런데 지금까지 침착하게 침묵을 지켜왔던 것과는 달리 사내는 식은땀을 흘리며 온몸을 부들부들 떨고 있었다.

"가요, 아저씨!"

내가 사내의 팔을 잡고 흔들었다. 그가 자리에서 일어나자 젊은 관장은 앞을 가로막으려는 듯 벌떡 몸을 일으켰다. 그러나 이내 마음을 고쳐먹은 듯 정중하지만 우스꽝스러운 몸짓으로 출입문 쪽으로 너부죽이 손을 뻗었다. 문을 나서는 순간 등 뒤에서 거친 고함 소리가 터져 나왔다. 그것은 마치 거대한 짐승이 아랫배와 목구멍만으로 으르렁거리는 포효 같았다.

"나의 바보는 어디에 있는가? 나의 바보는 어디에 있는가?"

약왕보살

긴 꽃대에 흰 꽃들이 포도송이처럼 총총히 달린 귀롱나무 꽃은 나무 한 그루만으로도 꽃의 축제를 연 것 같다. 흐드러지고 흐벅지다. 어떻게 이처럼 아낌없을 수 있는 것일까.

거덜 날 정도로 꽃을 피워내는 이 아름다움 앞에서 나는 흔히 우리가 미덕으로 내세우는 절제나 검소함이 사실은 인색함에서 비롯된 것이 아닌가 생각하게 된다. 탕진할 수 있는 능력, 발화(發火)하고 폭발할 수 있는 능력. 아마도 그것은 천재의 미덕에 속할 것이다. 범인들에겐 주어지지 않을뿐더러 주어진다 해도 감당하기 어려운 이 능력은 그 자체만으로도 축복이자 은총이다. 무량한 보시, 공양이다. 무능함에서 비롯되는 우리의 최고 덕목인 절도는 이즈음에서 머리가 깨어지는 자성(自省)의 시간을 가져야만 할 것이다.

5월 15일. 귀롱나무가 꽃을 피웠다.

수도다 울력이다 해서 선방에서 황무지로 오가며 눈코 뜰 새 없이 바쁜 겨를에 숲 한쪽에선 이토록 아름답고 호사스런 향연이 펼쳐지고 있었음에 나는 내심 당혹스럽고 부아가 치미는 기분이었다. 이 먹물들은 꽃 볼

줄도 모른단 말인가, 하고 나무가 꾸짖는 듯했다. 그래
서 나는 냉큼 사원으로 달려가 스님들을 불러 모은 뒤
귀룽나무 아래로 집결하도록 했다. 그러고는 병꽃나무,
팥배나무, 노린재나무, 매화말발도리 등 꽃을 피운 나
무들과, 노랑매미꽃, 애기노랑붓꽃, 산자고, 족도리풀,
천남성 등의 풀꽃들을 가리키며 이 꽃들의 경전, 녹색
식물들의 여래장(如來藏) 속으로 난 길을 걸어보라고
넌지시 등을 떠밀었다.

"일만 이천 년 동안 십만 가지 음악으로 부처님께 공
양했던 묘음보살(妙音菩薩) 이야기는 여러분도 잘 아실
것입니다. 『법화경』엔 소신분향(燒身焚香)하여 부처님께
공양했던 약왕보살(藥王菩薩)에 관한 이야기가 있습니
다. 그는 일천이백 년 동안 갖은 향을 먹고 온갖 향유
를 마시고 또한 온몸에 향유를 바르고서 몸을 불살랐는
데, 자신의 몸을 향으로 바친 세월만 해도 일천이백 년
이었다고 합니다. 소신분향으로 부처님께 공양했던 약
왕보살, 일체중생희견보살(一切衆生喜見菩薩)이라고도
일컬어지는 그는 해마다 봄이면 온몸을 꽃으로 피워내
는 이 나무들의 화신이 아닐까요? 온몸 꽃으로 세상에
공양하는 식물들, 그리고 특히 오늘 여러분이 그 둘레
에 둥글게 모여 앉은 이 한 그루의 귀룽나무를 보면서
우리 모두 약왕보살에 관해 생각해 보도록 합시다. 수

도니 참선이니 오늘은 모두 접고 한가로이 숲길을 거닐면서 여러분 모두 약왕보살을 친견하는 뜻 깊은 시간을 갖도록 하십시오."

처음에 스님들은 나의 즉흥적인 제안에 어리둥절해했지만 이내 봄의 숲길이 속삭이는 무정설법(無情說法)을 깨닫고는 삼삼오오 숲 속으로 모습을 감추었다. 개중에는 크게 마음이 움직였는지 약왕보살의 다라니주를 외는 스님들도 있었다.

귀룽나무 꽃 그늘 아래서

"아니 마니 마녜 마마네 지례 자리제 샤마 사리다위……."

숲 속 여기저기서 낮게 울리는 스님들의 다라니 외는 소리를 들으며 귀룽나무 아래를 거닐고 있자니 오십여 년 전 이 무렵 탄해 스님과 떠돌이 사내가 나누었던 대화가 생각난다.

씨앗박물관에서의 충격적인 만남이 있은 뒤로 떠돌이 사내는 말수도 없어지고 눈에 띄게 의기소침해졌다. 그는 밤이면 자신의 정원에서 모닥불을 지핀 채 끝도 없는 생각에 사로잡혀 있곤 했다. 그의 바이올린은 침묵

했고 그의 식물들 또한 숨을 죽였다. 나는 견딜 수가 없었다. 무너져 내리는 몸짓, 패배보다 먼저 패배를 받아들인 표정 같은 것이 나를 참을 수 없게 만들었다. 나는 시뻘겋게 얼굴이 달아오른 채 마구 화를 냈다. 나는 울지는 않았지만 눈물이 쏟아져 나오는 것을 막을 수가 없었다. 나는 아무 말도 할 수 없었다. 아무것도 이해할 수가 없었던 것이다. 그것은 '왜…… 무엇 때문에……'라는 물음과도 상관이 없었다. 내 속에는 '아냐! 아냐!'라는 외침만이 가득 차 있을 뿐이었다.

"몇 번인가…… 전에도 그를 만난 적이 있어."

마침내 그가 입을 열었다. 그는 우물 같은 눈으로 내 눈을 들여다보았다.

"내가 실패하는 곳, 내 꿈이 무너지는 때면 그는 어김없이 모습을 나타내지. 절망 속에서 나에게 증오를 가르치기 위해."

"그는 누군가요? 마귀예요? 악마예요?"

나는 악다구니를 하듯이 되는 대로 소리쳤다.

"그는 '죽은 자'야. 그림자 인간이지. 그는 이미 오래전에 죽었지만 자신이 죽었다는 사실을 모르고 있어. 그는 사랑 때문에 죽었고 증오가 그를 살아 있게 하고 있어. 이루지 못한 사랑이 그를 죽였고 그를 살아 있게 하고 있는 것이야."

"그를 죽여버릴 거야!"

내가 소리쳤다.

"아냐, 야카. 우리는 그를 죽일 수가 없어. 다만 벗어날 수 있을 뿐이지. 그를 태어나게 했고 지금도 살아가게 하고 있는 것은 우리들 자신이야. 우리가 살고 있는 세계, 문명, 우리의 마음이 그를 움직이고 있지."

그는 잠시 멈췄다가 다시 말했다.

"그는 태양과 지구 사이에 들어온 달과 같아. 달그림자인 지상의 어둠, 영혼의 일식인 거야."

탄해 스님은 누구보다도 먼저 떠돌이 사내의 변화를 직시하고 계셨다. 어느 날 스님은 몸소 비밀 정원으로 오시더니 꽃이 활짝 핀 귀룽나무 아래로 그를 이끄셨다.

"봄이 왔는데도 잎을 틔우지 못하는 나무들이 점점 많아지고 있어요. 잎은 틔웠는데 꽃을 피우지 못하는 나무들도 늘어나고 있고요. 그런데도 이 나무는 올해에도 어김없이 꽃을 피워 우리를 기쁘게 하는군요."

"어쩌면 내년에는 꽃을 피우지 못할지도 모를 일이지요."

"그래요. 그럴지도 모르지요. 올해만 해도 꽃송이가 눈에 띄게 줄었답니다."

"벌과 나비가 보이지 않아요. 새들도 많지 않고요.

겨우 몇 종류의 텃새만이 눈에 띌 따름이에요."

"그래요."

스님이 탄식하듯이 사내의 말을 받았다.

"기후가 바뀌었고 철새들은 붙박이 삶에 적응하지 못했어요. 월동지로도, 봄철 번식지로도 숲은 부적합한 상태가 되고 말았어요. 오직 풀과 나무들만이 견디며 우리와 함께 살아가고 있을 뿐입니다."

"녹색의 띠를 넓혀 나가야만 합니다. 내성이 강한 나무들을 많이 심어 나무가 나무의 우산이 되고 울타리가 되고 버팀목이 되도록 도와야 합니다. 하지만……."

사내는 입을 다물었다. 잠시 고양되었던 감정에는 피로가 갈마들었다.

"많이 지쳐 보이는군요."

스님이 사내를 마주 보며 말했다.

"떠날 때가 온 것 같습니다, 스님."

"가을은 기다려야지요. 씨를 묻은 뒤의 열매는 보고 가셔야지요."

"왠지…… 그래요, 이제는 자신이 없습니다."

그는 입을 다물었다가 다급하게, 목이 졸린 사람처럼 말했다.

"지맥을 더듬어 누가 그 허한 곳에 온혈을 불어넣을 수 있을까요?"

"아직은 땅속에 묻혀 있지만, 밤의 두꺼운 지층을 뚫고 발아하는 힘들이 있습니다. 믿으셔야 합니다, 부처님의 몸인 대지를. 그 여리디여린 힘에 젖을 물리고 돌보아야만 합니다. 누군가는 해야 될 일이지요."

스님은 힘이 부쳐 뒤처지는 사람을 돌아보듯이 안쓰럽게 사내를 바라보았다.

"귀룽나무는 올해도 꽃을 피웠습니다. 아름답지 않습니까? 또한 얼마나 대견하고 자랑스럽습니까? 여기서 출발해야 합니다. 너무 멀리 가서는 안 됩니다. 되돌아와 여기서, 다시 시작해야 합니다. 아직은 튼튼한 주춧돌입니다."

"스님은 제가 너무 멀리 갔다고, 아니 제 욕심이 너무 크다고 생각하십니까?"

"저는 이 점을 경계하고자 합니다. 잃어버린 것을 되찾는 것, 사라져버린 것을 되불러 들이는 것, 쓰러진 것을 다시 일으켜 세우는 것, 그 간절한 염원 속엔 어떤 것에 대한 반목이나 미움 같은 것이 전혀 없을까요? 그 간절함이 크면 클수록 우리 마음을 가득 채우는 허전함으로 인해 쫓기게 되지 않을까요?"

"그러면 어떻게 해야 하죠? 바라만 보아야 하나요?"

"받아들여야죠. 그리고 느껴야 합니다. 생명 속에 남아 있는 한 가닥의 거룩함일지언정 그 핵심에 들어가

폐허가 된 세상을 비추어야 합니다. 폐허에 서서 거룩함의 복원을 외치는 것은 의미가 없습니다."

"스님은 아직 낙관적이시군요."

"생명은 비관론에 의해 싹을 틔우진 않으니까요."

사내는 허탈한 표정을 지으며 한 발을 뒤로 뺐다.

"자, 보세요."

스님은 멈추지 않았다.

"예전엔 복사꽃, 살구꽃, 배꽃이 활짝 피면 벌과 새와 나비 할 것 없이 떼를 지어 모여들어 야단이었죠. 그것은 꽃의 물결, 노래와 춤의 물결을 이뤄 대지를 뒤흔들었고, 그 울림에 높은 산봉우리들과 땅속 깊은 수맥들이 잠에서 깨어났어요. 하지만 보다시피 이제는 예전 같지가 않습니다. 나무들도 전처럼 꽃을 피워내질 않아요. 봄이 와도 숲은 약간의 흥분 속에 숨을 죽이고 있죠. 새들도 줄고 나비와 벌도 줄어든 게 사실이에요. 이 모두가 우리 사람들 때문이니 우리들은 어떻게 해야 할까요? 더 많은 나무를 심어 더 많은 꽃을 피워야 할까요? 물론 옳은 이야깁니다. 하지만 그게 전부는 아니지요."

"그렇다면 또 뭐가 있죠?"

"더 많이 감탄하는 것. 더 많이 기뻐하고 더 많이 즐기는 것. 사라진 새와 나비와 벌의 몫까지 감탄하며 꽃에 감사를 올려야 해요. 노래로 꽃을 밝혀야 해요. 세계의 중심이 사라졌다 할지라도 편재하는 신성함의 부스러기라도 몸소 살아내는 자세, 바로 그러한 노력에 의해 붕괴된 신전의 복원이 가능해지는 것입니다."

우리 별을 보여드릴게요!

우리는 함께 별을 보러 갔다.

거의 한 달 만에 찾는 갯벌이었다. 많은 것이 변해 있었다. 그 황막함에 몸서리가 쳐질 정도였다.

발이 푹푹 빠지진 않았지만 그나마 물기가 있어 반지라운 느낌을 주던 개흙은 시멘트처럼 딱딱하게 굳어 있었다. 게와 조개들은 말라붙는 펄 속에서 악착같이 버티다가 마지막 한 모금의 호흡을 대기 속에서 들이켜곤 떼를 지어 죽어 있었다. 비칠거리긴 했지만 그래도 살아서 잘도 우리의 포위망을 피해 달아나던 게들도 한 달 만에 모두 죽었음이 분명했다. 끝없는 지평선만이 이어지는 그 드넓은 간척지 어디에서도 생명의 기척을 찾아볼 수가 없었다. 상한 젓갈 냄새 같은, 소금 냄새와 뒤섞인 죽음의 냄새만이 달아오르는 지열 속에서 진동을 하고 있었다.

그곳은 대학살의 땅이었다.

죽은 게나 조개를 밟지 않고는 한 발짝도 나아갈 수 없었으므로 우리의 걸음걸음은 불쾌하기 짝이 없었다. 바스러지는 조가비 소리를 음악처럼 들으며 게를 잡던 때가 아득하게만 느껴졌다. "우리 별을 보여드릴게요!" 하고 자신 있게 떠돌이 사내를 이끌고 이곳까지 달려온 우리였지만 설렘은 이미 사라지고 없었다. 우리는 우리의 성도(星圖)가 펼쳐지는 곳까지 터벅터벅 아무 말 없이 걸어갔다.

"노마. 야카, 저것 좀 봐!"

앞서 걷던 탕노가 우리 쪽을 돌아보며 소리쳤다.

"독수리야!"

우리는 쏜살같이 앞으로 달려갔다. 우리가 만든 별자리 위에는 털로 뒤덮인 시커먼 짐승 하나가 쓰러져 있었다.

"죽었어!"

"우. 저 벌레들 좀 봐."

노마가 코를 틀어쥐고 뒷걸음질을 쳤다.

독수리는 두 다리를 배 아래로 모으고 목을 길게 빼고서 꼬꾸라져 있었다. 그 거대한 날개는 쥐뜯긴 듯 깃털이 헝클어져 있었고, 누군가 날갯죽지를 뒤로 꺾어놓은 것처럼 약간 위로 쳐들려 있었다. 하늘을 떠다니던

십자가 모양의 그 검은 사신(死神)은 이제 주검으로 변해 있었다. 맹금류의 몸속 어딘가에 파리가 쉬를 슨 듯 꼬물거리며 구더기들이 기어 다니고 있었다.

"왜 죽었을까?"

떠돌이 사내가 말했다.

"오리 때문이었을 거예요."

탕노가 대답했다.

"오리?"

"죽은 오리를 먹는 걸 봤거든요."

"오리가 아니라 쇠기러기야."

노마가 이름을 정정했다.

"병든 오리였을 거예요."

"별 할아버지가 그러는데, 이 바다에서 나는 게와 조개는 절대로 먹어선 안 된대요. 독이 있대요."

"근데 왜 하필 여기서 죽었을까?"

노마가 말했다. 바로 그 점이 문제였다. 이 넓디넓은 갯벌에서 다른 곳은 다 놔두고 왜 하필 우리 별자리 위에서 독수리는 죽은 것일까?

독수리의 날개에 덮여 잘 보이진 않았지만 그 주위를 유심히 보면 나름대로 까닭이 있는 듯도 했다. 독수리는 거문고자리와 고니자리와 독수리자리의 일등성이 이루는 여름 하늘의 대삼각형 중심에 쓰러져 있었다. 그 점은 어찌 보면 그저 우연에 지나지 않는 일일 수도 있었다. 하지만 죽음을 앞두고 괴로워했을 새의 입장에서 생각하면 꼭 그렇지만은 않았다. 어두워져오는 갯벌 위를 힘겹게 선회하던 독수리는 땅 위에서 무엇인가 반짝이는 것을 보았으리라. 흰색 청색 붉은색 오렌지색으로 빛나는 지상의 이 이상한 도형들은 죽어가는 새에게 얼마쯤의 위안이 되었으리라. 독수리는 다름 아닌 태양의 새가 아닌가. 우리가 만든 별들, 빛의 밀인(密印)들은 그 죽음의 밤, 칠흑 어둠 속에서 맞는 임종의 순간에 마지막으로 몸을 맡길 안식처로 여겨졌으리라.

우리는 그렇게 생각했고, 그 점에 있어서 독수리의 존재는 우리의 일상과 적으나마 관계를 맺고 있었음을 느낄 수가 있었다. 우리가 만든 별자리와 독수리의 죽음 사이에는 알 수 없는 인력(引力)이 작용하고 있었던 것이다.

우리는 죽은 독수리를 그 자리에 둔 채, 독수리가 빈사의 몸을 끌고 가며 흩뜨려 놓은 별자리들을 제자리에 바로 놓았다.

저녁이 오고 있었다. 별들이 서서히 빛을 머금기 시작했다. 하늘은 안개와 어둠 속에 침몰해 갔다. 하늘은 그 어떤 신호도 빛깔도 없는 함몰된 폐광과 같았다. 하늘은 위로, 자신의 높고 불투명한 영토 속으로 무너져 내렸다. 그러자 땅이 밝아왔다. 땅은 빛과 함께 솟아올랐다. 별들이 도드라졌고 내뿜는 빛에 의해 가벼워졌다. 딱딱한 것, 굳은 것, 평평한 것들이 감옥을 열었다. 땅이 유연해졌다. 별들이 흐르고 있었다. 하늘의 제왕 독수리는 은하의 한가운데에 떠 있었다. 태양새의 날갯짓 소리가 강물 소리와 한데 어우러졌다. 독수리는 삼도내 저편 피안의 땅을 향해 날아가고 있었다.

제13부두 준공식

제13부두 준공식은 그해 우리 도시에서 있었던 기념식들 중에서도 으뜸가는 행사였을 것이다. 대통령을 위시하여 장관, 도지사, 시장 등 고위 공직자들이 대거 참석했고, 해군 군악대의 팡파르 속에 세계 각처에서 온 대형 화물선들이 차례차례 뱃고동을 울렸다. 이어서 열세 번의 축포가 울렸고 폭죽이 터졌으며, 비둘기와 풍선이 날아오르는 가운데 하늘에선 비행기들의 곡예비행과 낙하산 묘기가 펼쳐졌다.

신나는 하루였다. 노마의 엄마와 아빠는 행사장의 내빈으로 초대되었다. 노마에겐 용돈과 함께 온종일의 자유가 주어졌다. 우리는 콜라와 소시지와 솜사탕을 마음

껏 먹으며 이리저리 돌아다녔다. 만국기가 걸린 부두
엔 정말이지 만국의 국민들이 다 모여서 북적거리는 듯
했다.

거리는 깨끗했다. 우리는 중앙역에서 철길을 따라 부
두까지 왔지만, 예전 같으면 어디서나 볼 수 있었던 부
랑자나 떠돌이 개들은 눈을 씻고 봐도 찾을 수가 없었
다. 행사장 주변에는 한껏 멋을 낸 젊은이들과 가족 단
위의 행락객들이 사진을 찍거나 비디오 촬영을 하고 있
었다. 노마가 아빠의 말을 빌려 설명한 바에 의하면,
행사가 있기 한 달 전부터 노숙자들에 대한 일제 단속
이 시행되어 역과 부두 근처의 노숙자나 부랑자는 물론
이고 주정뱅이와 잡상인들까지 전부 유치장이나 보호기
관에 수용되어 있다는 것이었다. 떠돌이 개들과 고양이
들도 생포되었는데, 그 수가 무려 오천여 마리에 이른
다고 했다.

우리는 전에 조그만 호수가 있던 자리를 찾으려 했으
나 찾을 수가 없었다.

"물고기들은 다 어떻게 되었을까?"

노마가 말했다. 멜빵바지에 하얀 남방을 입고 머리에
는 무스를 바르고 까만 구두까지 신은 노마는 그날따라
유난히 멋있어 보였다. 나의 부러움은 절망적인 것이었
다. 때문에 나는 노마가 나의 심기를 불편하게 해도 모

르는 척했다.

"몇 백 년 후엔 화석이 되어 출토될 거야."

탕노가 대꾸했다.

"식물이나 동물은 죽어서 석유와 석탄이 된대."

"야아. 그럼 우린 시체를 태워서 살고 있는 거네."

내가 한마디를 거들었다.

"아냐. 우리 아파트는 천연가스를 써."

"가스는 뭐 다른 건가?"

"그럼. 가스는 색깔이 없어. 깨끗하고. 그리고 매연
도 없어."

우리는 야구장의 대형 조명탑 같은 것이 군데군데 서
있는 왕복 12차선의 대로를 따라 걷고 있었다. 그 도로
가 어디로 뻗어 있는지는 끝까지 가보지 않고는 알 수
가 없었다. 방파제 끝에 떠 있는 '문도'라는 섬까지 매
립이 끝나면 아마 그 섬까지 이어질 것이었다. 어쨌든
저녁이 되어 부두와 선박들이 일제히 불을 밝히면 그
야경은 장관을 이룰 성싶었다. 제1부두에서 제13부두까
지 이십여 년에 걸친 대역사가 완결된 오늘, 머리 위엔
취재진과 관광객들을 태운 헬기가 쉴 새 없이 날고 있
었고, 그 행렬은 불꽃놀이가 벌어지는 밤중이면 절정에
이를 전망이었다. 우리는 도시가 불야성을 이룰 때까지
부두에 남아 있을 것이냐 말 것이냐 의견이 분분했지만,

날이 저물자 이내 마음을 고쳐먹고 귀갓길에 올랐다.

철길을 따라 시내로 들어가는 길은 멀었다. 철길은 훌륭한 지름길이었지만 그 주위는 자전거를 타고 다니기에 불편한 곳이 많았다. 노마의 아파트는 역에서 가까웠다. 중앙역에서 우리는 노마와 헤어졌다. 나는 탕노의 자전거 뒤에 탄 채 끽끽거리는 페달 소리를 들으며 스쳐가는 상점들을 바라보았다. 오월 중순이었지만 바람은 차가웠다.

"야카, 자니?"

탕노가 뒤를 돌아보며 말했다.

"아니. 왜?"

"그냥. 자는 줄 알고."

잠시 후 그가 다시 나를 불렀다.

"야카."

"응?"

"근데 왜 요즘 그 아저씬 바이올린을 연주하지 않는 거야?"

"사람들이 싫어하나 봐. 눈에 띄고 싶지 않아 해."

"여길 떠나겠대?"

"몰라. 당장은 아닐 거야."

"어제 본 독수리 말야. 독수린 왜 이곳까지 왔을까? 여긴 먹을 것도 없는데."

나는 잠자코 있었다. 내가 대답할 성질의 물음이 아니었다.

"독수리는 오리를 먹지 말았어야 했어."

탕노는 계속해서 말했다.

"먹지 말고 그냥 떠났어야 했어."

나는 그가 진짜 하고 싶은 말을 감추고 있다는 느낌이 들었다.

"우리 아빠도 이곳을 떠나려 했지."

탕노의 아빠는 어부였다. 그는 섬에서 살다가 물고기가 사라지자 도시로 나왔다. 도시에서는 일자리를 구할수가 없었다. 탕노의 아빠는 술을 너무 많이 마셨다. 그는 이 도시를 떠나 혼자 저세상으로 갔다. 탕노의 엄마는 작년에 재혼을 했다.

"아저씨도 빨리 이 도시를 떠나야 해."

탕노는 페달을 밟느라 숨이 찼지만 말을 멈추지 않았다.

"야카!"

"응?"

"우리도 갈까?"

자전거가 멈췄다.

"네가 부탁해 봐. 우리도 함께 데려가 달라고."

순간 나는 나도 모르게 어깨를 부르르 떨었다.

"탕노……!"

"독수리도 갔고 물고기도 갔고 조개와 게들도 다 사라졌어. 아저씨도 떠날 거고 별 할아버지도 떠날 거야. 그러니 우리도 떠나야만 해!"

탕노의 말은 사실이었다. 하지만 그의 입에서 그와 같은 말을 듣게 되자 나는 왠지 하늘이 무너지는 것 같은 기분이었다. 나는 울컥 울음이 북받치는 것을 한사코 참았다.

"물어봐 줄 거지? 넌 아저씨하고 친하잖아?"

"응……. 그래."

나는 엉겁결에 대답했다. 나를 쳐다보는 그의 눈길, 그 간절함이 견디기 힘들어서였다. 겨우 두 살 위인 탕노였지만 그의 생각과 열의는 그를 너무나 어른스럽게 보이게 했다.

"알았어, 탕노. 내가 부탁해 볼게."

아도니스와 낙원의 새들

유전자 특허청 주변은 밤인데도 많은 사람들로 북적거렸다. 처음엔 이곳에서도 무슨 행사가 있나 생각되었다. 하지만 조금 안으로 들어가자 분위기가 심상치 않음을 알 수 있었다. 공원 옆으로 해서 낙원상가 가는 길엔 바리케이드가 쳐져 있었고, 경찰관들이 그 둘레를 두 겹으로 에워싸고서 사람들의 출입을 통제하고 있었다. 그 안쪽, 상가와 시장으로 난 골목길엔 전경과 의경 및 무장한 경관들이 명령에 맞춰 일사불란하게 움직이고 있었다.

"무슨 일이에요, 아저씨?"

우리가 물었지만 입을 꽉 다문 경관들은 아무 말도 하지 않았다.

"아도니스를 찾았대."

뒤에 서 있던 한 할아버지가 우리 귓전에 대고 속삭였다.

"네에? 정말이에요?"

"그렇대. 지금 시장 안에 있어. 사방으로 포위망을 좁혀가고 있는 중이야."

"시장의 상인이라지, 아마?"

다른 할아버지가 곁에서 거들었다.

"비둘기를 키우는 사람이래. 성이 아마 박씨라지?"

"아, 거 영감님들, 쓸데없는 소리들 좀 그만 하세요!"

무전기를 든 경관 한 명이 우리 쪽을 보고 소리쳤다.

"너희들도 그만 집으로 돌아가거라. 밤늦게 여기서 뭐하는 거야?"

탕노와 나는 물끄러미 서로의 얼굴을 마주 보았다. 박씨 아저씨, 낙원의 새들을 돌보고 불우한 두 노인의 끼닛거리를 꼬박꼬박 챙기던 그 착한 아저씨가 현상금 삼억 원이 걸린 수배범이라니 도무지 믿어지지 않는 일이었다.

"가자!"

우리는 서둘러 공원으로 갔다. 시장 쪽을 건너다 볼 수 있는 담벼락 위엔 이미 사람들이 빼곡히 앉아 있었다. 버짐나무 위에 올라가 보았으나 나뭇잎들 때문에 앞을 볼 수가 없었다. 시장 쪽으로 창이 난 낙원상가의 건물에는 창밖으로 고개를 디민 수많은 얼굴들이 숨을 죽이고 있었다. 우리는 이리저리 돌아다니다가 한 낡은 건물의 화장실 창이 시장 쪽으로 나 있는 것을 발견했다.

"됐어!"

좌변기의 뚜껑을 내리고 그 위에 털썩 앉으며 탕노가 말했다.

"저길 봐. 비둘기 집이야!"

탕노가 앉은 곳에서 벽에 어깨를 붙인 채 비스듬히 보니 박씨 아저씨 가게의 옥상이 보였다. 삼십 평 정도 될까 말까 한 잡화점의 옥상에는 비둘기들을 위한 아파트가 자리 잡고 있었다. 비둘기들은 모두 잠이 든 듯 새들의 단지(團地) 안은 고요했다.

바로 그때였다. 헬리콥터 한 대가 요란한 소리를 내며 옥상 위로 날아왔다. 헬리콥터에서는 강한 불빛이 쏟아지며 옥상 위를 대낮처럼 환하게 밝혔다. 집 밖으로 머리를 내민 비둘기들의 초롱초롱한 눈이 보일 정도였다. 갑자기 금속성을 내며 연기 기둥 하나가 하늘로 솟구치는가 싶더니 강한 폭발음과 함께 불꽃이 터지며 붉은빛이 용암처럼 흘러내렸다. 묵시적인 그 빛은 제압하듯이 아래를 내려다보며 그 검붉은 망토로 지상의 세계를 감싸 안았다. 그 바람에 창가에, 거리에, 건물 옥상에 운집한 사람들의 모습이 드러났다. 하늘을 향해 얼굴을 쳐든 그들의 모습은 붉은 갈기에 휘감긴 채 활활 타오르는 듯했다.

유리 깨어지는 소리, 전기톱 소리, 벽을 깨고 뚫는 소리 같은 것이 골목 안쪽에서 들려왔다. 동시에 헬기에서는 무장한 경관 네 명이 밧줄을 타고 옥상 위로 내려왔다. 언제 왔는지 옥상 위엔 사면 벽을 타고 올라온 특수요원들도 있었다. 그들은 옥상 위에 있는 것이 무엇인지 전혀 모르고 있는 것 같았다. 헬기에서 내려온 요원들은 밧줄을 풀자마자 군홧발로 비둘기 집을 쿵쿵 굴러대기 시작했다. 합판으로 얼기설기 지은 낡은 새집이 그 무게와 충격을 견뎌낼 리 만무했다. 여기저기서 비둘기 집이 내려앉았다. 엎친 데 덮친 격으로 벽을 타고 올라온 요원들은 잔뜩 긴장한 채 총과 곤봉으로 비둘기 집을 마구 들쑤셔대기 시작했다. 그러자 두려움에 떨던 새들이 후닥닥 뛰쳐나왔고, 그 곁에 몇몇 경관들은 깜짝 놀라 뒤로 나자빠지고 말았다. 누군가 발포를 했는지 한 방의 총소리가 대기를 뒤흔들었다.

총소리는 새들의 비상을 위한 신호탄이 되었다. 비둘기들이 일제히 하늘로 날아올랐다. 수백 마리 새들의 동시 비상이었다. 날갯짓 소리에 대기가 꿈틀거렸다.

그때 밤은 대낮같이 환했다. 어둠은 사라졌다. 처음에 새들은 두려움으로부터 달아나기 위해 날아올랐지만, 일단 날기 시작하자 그 힘과 속도에 맛을 들이기 시작했다. 매혹은 마력이 되었다. 끝없는 날개들의 연결 고리가 하늘을 칭칭 휘감으며 춤추게 했다. 그것은 하늘과 땅의 중간에서 하늘과 땅을 잇는 몇 가닥 매듭으로 이루어진 소용돌이었고, 하늘을 향해, 그리고 땅을 향해 빨아들이면서 뿜어내는 비상의 거대한 깔때기와 같았다.

이처럼 환상적인 광경은 여기서 그치지 않았다. 그와 거의 때를 같이하여 제13부두 준공식을 축하하는 불꽃놀이가 시작되었고, 그 찬란한 별과 꽃들의 축포는 잠든 대지의 더운 심장을 고스란히 일깨워 내었다.

새들은 불꽃이 되었다. 새들은 또한 별꽃이 되었다.

그날 많은 사람들은 보았다. 비둘기들의 다리에 뭔가 작은 고리나 봉지 같은 것이 달려 있었음을. 어떤 사람들은 보지 못했다고 했다. 그러나 나는 분명히 보았다. 그날 하늘을 날던 모든 비둘기들의 발목에는 은빛 작은 리본 같은 것이 달려 있었음을.

박씨 아저씨는 체포되었지만 이튿날 곧바로 풀려났다. 그가 아도니스임을 입증할 어떠한 증거물도 발견되지 않았기 때문이었다. 수백 명의 경관들이 에워싸고 헬기까지 동원하여 현장을 덮쳤지만, 그의 가게와 집과 비둘기 집 어디에서도 단 한 톨의 씨앗, 단 한 그루의 나무도 발견되지 않았다.

그날, 정들었던 옛집을 떠난 비둘기들은 이튿날 아침 사원의 숲에서 발견되었다. 스님들이 숲 속에 공들여 만든 비둘기 집을 찾아든 비둘기들은 모두 이백오십아홉 마리였다. 단 한 마리의 낙오자도 없었다. 비둘기들에게 모이를 주던 한 스님은 비둘기의 발목에 붕대나 거즈 같은 것이 감겨 있는 것을 보았다. 자세히 보니 이백오십아홉 마리 모두 그러했다. 스님은 그중 한 마리를 잡아서 헝겊을 풀어보았다. 그 속에는 명함 크기의 작은 종이봉지가 하나씩 들어 있었다. 그리고 그 봉지 속에는 씨앗들이 가득가득 들어 있었다.

네 번째 카드

"먼저 당신이 알고 싶은 것에 대해 생각을 모으세요."

점쟁이 할아버지는 타로 카드를 테이블 위에 펼쳐놓은 뒤 오른쪽에서 왼쪽으로 카드를 모은 다음 떠돌이 사내를 향해 내밀었다.

"생각이 모아졌으면 카드를 세 장 집어 왼쪽에서 오른쪽으로 하나씩 놓으세요. 중요한 건 아니지만, 그 세장의 카드는 놓는 순서에 따라 당신의 과거와 현재와 미래를 이야기해 준다는 점을 염두에 두십시오. 말미암음 없는 결과가 없듯이 결과는 또 다른 인과의 씨앗이 됩니다. 과거가 미래이고 미래가 과거가 되지요."

우연히 점쟁이 할아버지에 관한 이야기가 나왔을 때 떠돌이 사내가 보여준 관심은 뜻밖의 것이었다. 그는 대뜸 할아버지를 한번 만나보고 싶다고 말했다.

"그 할아버지는 카드 점을 치는데, 사실은 장님이에요."

의아해서 내가 단서를 달았으나 그는 아무렇지도 않아했다. 나중에 안 사실이지만, 그가 할아버지에게 관심이 있었던 것은 다름 아닌 카드 때문이었다.

"내가 아는 집시 여자 중엔 훌륭한 점쟁이가 있었단다. 그녀는 타로 카드로 점을 쳤어."

나는 그 기회를 놓치지 않고 물었다. 왜 그렇게도 집시에 대해 관심이 많으냐고. 혹시 아저씨도 집시가 아니냐고. 그러자 그는 미소를 지으며 말했다.

"세계 여러 곳에서 집시를 일컫는 말은 아주 많은데 집시 자신들은 스스로를 '롬', '로마', '돔'이라고 부르지. 그 단어들은 그들의 언어인 로마니어로 '인간'을 의미해. 말하자면, 그들은 자신들을 어떤 부족이나 종족이 아니라 단지 인간으로 생각했던 것이야……."

"자, 카드를 다 놓았나요?"

점쟁이 할아버지가 말했다.

"그러면 첫 번째 카드부터 뒤집도록 하세요. 무슨 그림이 나왔나요?"

"가면을 쓴 사람이 북을 들고 춤을 추고 있군요."

"어떤 가면인가요?"

"사슴뿔이 달렸어요. 목엔 초승달 모양의 뼛조각을 걸고 있고요."

"디스크 킹, 원반의 왕입니다. 원반은 흙의 영역을 상징하는데, 이 그림에서는 북으로 나타나 있지요. 수사슴 가면을 쓴 그는 무당이자 자연계의 왕입니다. 무당은 식물로 사람을 치료하며 동물의 영혼과도 교감을 갖지요. 수사슴의 뿔은 자연의 풍요로움을 의미합니다. 동물의 머리 꼭대기에 달린 식물, 식물의 관을 쓴 동물인 셈이지요. 그는 대지에 뿌리를 내린 채 북을 치고 수사슴의 춤을 추며 새들과 함께 천계로 날아오릅니다. 그의 주위에 새들이 보일 것입니다. 또한 그의 주위를 에워싸고 있는 식물은 흰독말풀인데, 진통제나 진해제로 사용되는 약초지만 독을 가진 위험한 식물로서, 잘못 처방을 했을 땐 사람을 미치게 만들기도 합니다. 광대버섯과 더불어 무당의 영계(靈界) 여행을 돕지요."

할아버지의 설명은 우리로서는 이해하기 힘들었지만 그래도 흥미진진한 것이었다. 손님을 상대로 하는 이야기는 한번도 들은 적이 없었기에 더더욱 그러했다. 우리가 함께 있는 것을 아시고 행여 쫓아낼까 두려워 우리는 숨을 죽인 채 귀를 기울였다.

"다음 카드를 볼까요?"

사내가 두 번째 카드를 뒤집었다. 거기에는 이상한 무늬가 아로새겨진 막대기들이 수직으로 솟아 있었다.

"그렇군요."

할아버지가 깊은 한숨을 내쉬며 말했다.

"여덟 개의 지팡이, 하늘에까지 닿는 불기둥들입니다. 지팡이는 생명의 나무, 세계의 중심에서 우뚝 솟은 세계의 축, 우주나무를 상징합니다. 이 카드의 핵심은 신과의 교신입니다. 번개가 내리꽂히고 창조적인 에너지가 폭발합니다. 하늘과 땅이 하나의 전류로 연결되는 것이지요. 또한 인마궁(人馬宮)이 수성에 들었으므로 머나먼 여행이 기다리고 있습니다. 인마궁은 사수자리로서, 앞서의 무당이 자연계와의 유대를 튼튼하게 이어나가야 하듯이 사수자리 또한 자신의 이상을 위해 헌신하고 진리에 봉사해야 합니다. 여덟이라는 수는 일곱 천구(天球) 저편에 있는 신들의 세계를 가리킵니다. 바로 그 여덟 번째 세계로부터 신비가 우리에게로 오는 것이지요."

세 번째 카드에서는 전갈이 나왔다. 일곱 개의 이상한 그릇들이 전갈 주위를 에워싸고 있었다.

"경계에 이르렀군요. 일곱 개의 잔은 하나의 분수령을 형성하는 카드입니다. 잔은 물의 영역에 속하지요. 그것은 성배를 의미하기도 하지만 옛사람들이 점을 칠 때 쓰던 단지를 뜻하기도 합니다. 물은 투명하게 세상을 비추기도 하지만 망상과 현란한 요설로 자아를 현혹하기도 합니다. 그 점은 첫 번째 카드, 즉 당신의 과거에 존재했던 흰독말풀이 사람을 발광케 하는 독소를 지니고 있다는 점과도 어느 정도 일치된다고 봅니다. 또한 전갈은 죽음과 같은 어둡고 극단적인 세계에 대한 몰입을 나타내며, 전갈이 집게발로 움켜잡으려고 하는 금성은 그 감성적이고 낭만적인 성향으로 전갈을 옹호하게 됩니다. 그 결과, 기만적인 자가당착에 빠지게 되는 것입니다. 열망과 환상, 비전과 욕망을 구별하여 환상의 제물이 되지 않도록 사물을 명확하게 바라볼 것을 이 카드는 요구하고 있습니다."

할아버지는 다시 카드를 모았다.

"당신의 마음이 다른 생물들과의 교감과 환상 체험들을 통해 신들의 세계를 꿈꾸고 있고 당신의 삶과 신체 또한 그 지향하는 바에서는 일치하고 있지만, 당신의 정신은 망설이고 있고 신중함을 요구하고 있습니다. 더 이상 완전할 수 없는 일곱이라는 숫자는 여덟로 나아가거나 다시 하나로 돌아가야 합니다. 일곱은 순환과 새로운 시작의 숫자. 당신은 처음 출발한 지점을 여기서 반드시 재확인해 보아야만 합니다."

할아버지는 잠시 망설였다가 말을 이어나갔다.

"여기에 네 번째 카드를 덧붙인다면 이 모든 것들은 좀 더 확실해질 것입니다. 그러길 원하십니까?"

"글쎄요. 어느 쪽이 좋을는지요?"

"제 생각은…… 길은 언제나 열어두어야 한다는 쪽입니다. 아무리 아름답고 훌륭한 길일지라도 닫힌 길은 단지 노역일 뿐일 테니까요."

"잘 알겠습니다. 그 뜻을 따르도록 하지요."

물러날 시간이 되었다. 모두들 인사를 하고 나오려는데 할아버지가 나를 불렀다.

"야카야, 이리 좀 와보렴."

내가 다가가자 할아버지는 카드를 한 장 건네주며 그림을 설명해 보라고 했다.

"칼을 든 사람이 말을 타고 달리고 있어요."

"스워드 킹이로군."

"무슨 뜻이죠?"

"혼란과 갈등을 이겨내고 질서와 조화를 이루어내는 사람이지. 과거에도 있었고 현재에도 있으며 미래에도 있을 사람. 말하자면, 과거와 미래의 왕인 셈이야."

"그럼 저 아저씨가······?"

"장담할 순 없지. 이 카드는 내가 고른 것이니 내 삶에 그런 사람이 곧 나타날 것이라는 뜻을 지니기도 해."

방조제 위의 별 착륙장

바다는 쇳물을 풀어놓은 듯 불그스름한 빛을 띠고 있었다. 물은 탁했고 걸쭉해 보였다. 방조제까지 차 오른 바닷물은 파도가 없는데도 심하게 출렁거리고 있었다. 누군가 대야의 가장자리를 잡고 이리저리 흔들어대는 것 같았다. 주위의 바람결도 일정한 방향이 없었다. 어떤 힘에 밀리거나 밀어붙이는 공기들이 함부로 나부대고 있을 뿐이었다. 쇠잔하면서도 열뜬 기류 속에는 늙은 환자에게서 나는 단내 같은 것이 짙게 배어 있었다.

모든 것이 평평했다. 십 미터 높이의 제방을 사이에 두고 끝이 없는 바다와 간척지가 마주하고 있었다. 제방은 바다 쪽으로는 사십오 도 정도 경사가 져 있었다. 간척지 쪽에서는 계단이나, 선착장으로 난 통로를 통해 제방 위로 오를 수가 있었다. 바다는 흔들리고 있었고 간척지에서는 흐느적거리는 듯한 모래 바람이 간간이 일곤 했지만, 어느 쪽을 보아도 배 한 척 풀 한 포기 눈에 띄지 않았다. 두 공간은 마치 단일 물질로 이루어진 두 개의 기이한 왕국, 제왕이자 신민(臣民)인 단 한 존재가 거주하는 부조리한 제국을 보는 듯했다.

바로 그곳에 별 할아버지의 캠프가 있었다. 물과 흙, 그 불모의 영역들 사이, 너비 오 미터 남짓한 콘크리트 제방 위에.

"오늘이야!"

우리를 보자 할아버지가 소리쳤다.

"별이 찾아오는 날, 그날이 바로 오늘이야."

"그걸 어떻게 아세요?"

탕노가 시큰둥하게 물었다.

"어젯밤 내 시야에서 별들이 모두 사라졌거든. 더 이상 별을 볼 수 없게 되었단 말씀이야. 별을 볼 수 없었던 내가 삼십 년 전 그 별을 본 뒤로 낮에도 하늘의 별을 볼 수 있게 되었듯이, 이제는 별들이 모두 사라졌으니 그 별이 다시 나를 찾아올 거야. 알겠니? 나의 별, 나의 별이!"

할아버지는 어찌나 흥분해 있었던지 이렇게 말하면서 몸을 부들부들 떨었다.

"떠나실 거죠?"

탕노가 퉁명스럽게 물었다.

"할아버진 여길 떠나고 싶으신 거죠?"

탕노의 계속된 물음도 소용없었다. 귀로는 듣고 있었지만 할아버지의 마음은 이미 다른 곳에 가 있었다. 실제로 그는 이것저것 정리하고 손을 보느라 경황이 없었다. 꾸려온 봇짐 속엔 담요도 한 장 있는 것으로 보아 할아버지는 여기서 밤을 새려는 듯했다.

점안식이나 헌당식이 있듯이 '별맞이 의식'이라고나 할 그날의 경사를 위해 할아버지는 그 황량한 제방 위에 가설무대 같은 것을 꾸며놓고 있었다. 헬기장과 흡사한, 일종의 별 착륙장이라고 할 만한 것이 바로 그것이었다. 먼저, 그 신성한 의식을 치를 공간의 중심에는 제방 너비의 지름을 가진 커다란 동그라미가 그려져 있었고, 그 안에는 별 하나가 자리 잡고 있었다. 별은 두 개의 삼각형이 엇걸린 육각형이었고, 별 중심의 육각형

속엔 또 다른 동그라미가 자리 잡고 있었다. 할아버지는 그 도형이 눈에 잘 띄게끔 색색의 발광 도료로 칠해 놓았다. 별의 양쪽에는 방파제를 따라 이 미터 간격으로 다섯 개씩 등불이 놓여 있었는데, 밤이 되어 불이 들어오면 별이 날개를 단 것 같은 모양을 이룰 것이었다. 할아버지는 등불들을 두 개의 축전지에 연결해 놓고 어둠이 내리기만을 기다리고 있었다. 그 밖에도 그는 보기 좋게 자란 '아도니스의 정원' 하나를 별에게 줄 선물로 준비해 놓고 있었다.

또 한 가지——그곳에는 음악이 있었다. 할아버지는 어디서 주워왔는지 낡은 전축 한 대를 이리저리 손보더니 스피커를 연결했다. 그가 턴테이블 위에 레코드판 한 장을 올려놓자 아주 근사한 음악이 흘러나왔다.

"이보시오, 댁은 이 글자들을 아시오?"

별 할아버지가 떠돌이 사내에게 물었다. 사내는 여기저기 얼룩이 묻고 너덜너덜한 레코드 커버를 건네받았다.

"바흐로군요."

"바흐?"

"독일의 음악가죠. 그가 작곡한 「파사칼리아와 푸가」 C단조예요. 연주자는 헬무트 발햐라고, 장님이었지요."

"장님이라고?"

"네. 어려서부터요. 바흐 역시 어렸을 때 달빛 아래서 악보를 지나치게 많이 본 탓에 시력이 아주 좋지 않았지요."

"어떻게 그리도 잘 아시오? 그들을 보았소? 독일에 가보았소?"

"바흐는 삼백 년 전 사람이고 발햐 역시 죽은 지 백 년이 가까워오는걸요."

"그렇다면?"

"들은 이야기지요. 아주 유명한 음악가들인걸요."

"그렇군……. 그들이 장님이었다고? 허허허. 그래서 그 눈먼 점쟁이가 이 음악을 좋아했던 거로군. 아무튼 아름다운 음악이지 않소? 그런데 한 가지 더 묻겠소만, 지금 나오고 있는 소리는 어떤 악긴가요?"

"파이프오르간이에요. 일종의 풍금 같은 악기지요. 파이프에 바람을 불어넣어서 소리를 낸답니다."

"아, 바람으로! 어쩐지…… 그래서 이토록 아름답군요. 공기의 것은 공기에게, 태양의 것은 태양에게──이렇게만 된다면 문제의 소지가 있을 리 없지요. 그렇지 않소? 땅의 것은 땅에게, 물의 것은 물에게. 모르긴 해도 이 음악이 아름다운 건 그 때문일 거요. 악기가 가진 바람의 힘은 대기를 타고 자유롭게 움직이고, 악기를 움직이는 음악의 힘은 불과 빛이 되어 태양을 향해

솟구치고 있단 말입니다. 이 얼마나 단순한 이치인가
요? 바람의 힘과 태양의 체온에 의해서만 빛을 발할 수
있는 지구라는 작은 별에서 이 음악처럼만 살 수 있다
면 문제가 생길 리 없지요. 게다가 연주자가 장님이고
지은이도 반쯤 장님이었다고 하니, 인간이 만든 그 무
엇도 껴들 틈이 없는 천혜의 음악이 탄생되는 수밖에
요. 근데 누구라고요, 작곡가가?"

"바흐요. 요한 세바스찬 바흐."

"바흐, 바흐, 바흐……."

음악이 끝나자 할아버지는 카트리지를 다시 레코드의
처음으로 돌려놓았다. 슬픔으로 가득 찬, 장중한 기도
문 같은 선율이 흘러나왔다. 오래된 판에 바늘이 시원
찮아 잡음이 심한 데다 스피커조차 형편없었지만, 이
탁 트인 황막한 공간에서 그런 것은 아무런 상관이 없
었다. 소리는 물결을 탔고 바람을 탔고 모래 먼지와 함
께 일어났다가 가라앉았다. 때로는 신음하면서 때로는
독백하면서 한 주제의 언저리를 거듭거듭 선회하던 음
악은 자신의 어둠을 부력 삼아 나선상의 계단을 따라
돌면서 드높은 세계를 향해 서서히 솟아오르기 시작했
다. 맑은 쇳소리와 바위 부딪는 소리, 구름 깨어지는
소리 등이 합류했고, 그 소리들은 한데 어우러져 침강
하고 융기하는 지각 변동의 소리를 합창했다.

바로 그때였다. 떠돌이 사내의 바이올린이 노래하기 시작한 것은. 우리는 깜짝 놀라 소리 나는 쪽을 바라보았다.

사내는 방파제 남쪽 끝을 향해 천천히 걸어가면서 음악에 맞춰 바이올린을 켜고 있었다. 되풀이되며 변주되는 선율을 때론 한 옥타브 낮게, 때론 한 옥타브 높게, 때론 여러 음표를 한 음으로 길게 늘여서, 때론 한 음표를 여러 음으로 잘게 잘라서 연주하며, 그는 소리가 끊기고 모습이 보이지 않을 때까지 하현의 달처럼 휜 방조제 길을 따라 하염없이 걸어가고 있었다.

그해 여름

그해 여름은 금방 지나갔다. 늘 흐렸고, 비가 자주 왔으며, 예년보다 서늘했고, 태양은 떠오르지도 달구어지지도 않은 듯했고, 약쑥엔 흙과 불의 쓴맛이 배어들지 않았고, 열매들은 젖을 먹이는 나무들의 땀을 응축시키지 못했으며, 꿀샘에 꿀을 모으지 못한 꽃들은 씨앗을 맺지 못했고, 모든 벌집은 텅텅 비었다. 봄에 이어 곧바로 가을이 온 듯했다.

여름은 그렇듯 짧았다.

별 할아버지가 사라진 뒤로도 우리는 몇 번인가 방조제까지 가보았다. 모든 것이 제자리에 있었다. 빛이 바래고 바람에 삭고 비에 얼룩이 졌지만, 육각형의 별과 열 개의 전등과 두 개의 축전지와 전축은 그날 있었던 모습 그대로 우리를 맞았다. 시간이 멈춘 듯했다. 정지된 시간 속의 방문객이 된 것 같았다. 할아버지와 함께 화분이 없어진 점이 뭔가 납득하기 힘든 아득한 괴리감을 주었다.

우리는 말을 아꼈다. 우리가 공유하고 있는 기억과 감정들이 우리를 서로에게 서먹서먹한 존재로 만들었다. 우리의 나날들은 날로 단순해졌다.

별 할아버지가 떠나고 오월이 끝나갈 즈음, 지난해에도 그랬듯이 우리는 새알을 주우러 쓰레기 매립지 너머, 예전엔 섬이었던 곳의 해안까지 가보았다.

그곳은 아주 멀었다. 도중에 폐허가 된 섬마을을 하나 지나야만 했다. 지난날엔 어촌이었던 그 마을에는 아직도 노인 몇 명이 살고 있었다. 오십여 채의 집들은 폐가가 된 채 시멘트 벽과 돌담만이 남아 있었고, 박우물과 돌확에는 장구벌레들이 우글거렸다. 마을 회관은 쥐들의 천국이었다. 발동선들이 부식되어 저절로 무너져 내렸다. 석고처럼 표백된 땅에 녹슨 닻들만이 곳곳에 붙박여 있었다.

그곳은 마치 쫓겨 가는 자들에 의해 몰락한 마을 같았다. 전쟁에 의해 정복되거나 폭격에 파괴된 마을이 아니라, 기습에 의해 한 곳으로 내몰려 추격당하는 사람들, 한 덩어리로 뭉쳐져 황급히 도주하는 자들에 의해 짓밟힌 마을 같았다. 달아나던 자들은 사라지고 짓밟힌 사람들마저 사라져 이제는 누가 짓밟았고 누가 짓밟혔는지 그 흔적조차 찾아볼 수가 없는. 물결은 지나갔고 폐허만이 남아 있었다. 그 피폐함은 비현실적이고 일그러진, 그런 기이한 느낌을 주었다.

새알이라고 하지만 우리가 본 것은 모두 갈매기 알이었다. 매립된 바다를 통해 육지와 연결된 섬의 뒤쪽 모래 해변에서는 오월 하순이나 유월 초면 새알들을 주울 수가 있었다. 우리는 부서진 목선의 판때기 따위로 불을 지펴 새알을 통째로 익혀 먹곤 했다. 하지만 그해에는 성한 알이라곤 찾을 수가 없었다. 알들은 대부분 금이 가 있었다. 부화된 흔적도 없이 그대로 썩어 있었다. 자갈밭 여기저기엔 버려진 둥지들이 있었고, 그곳엔 어김없이 깨진 알들이 들어 있었다. 죽은 새끼들도 즐비했다. 솜털도 나지 않은 채 부화되어 죽은 새들도 있었다. 눈이 없거나 부리가 뒤틀린 것들, 물갈퀴가 없거나 난황주머니를 그대로 단 채 말라비틀어진 새끼들도 있었다. 그것은 너무도 섬뜩한 광경이었다. 우리는 그 황량한 모래 해변을 가득 채우고 있던 이상한 냄새가 무엇인지 그때 비로소 깨달았다. 그것은 죽음의 냄새, 알에서부터 죽었거나 죽어가고 있던 생명의 냄새였다.

새들은 한 마리도 없었다. 공포와 경악만이 그 막막한 정적 속에서 숨을 죽이고 있었다. 파리와 개미와 갯강구가 떼를 지어 우글거리는 해변을 등지고 우리는 뒤도 돌아보지 않고 달려 나왔다.

우리는 말을 잃었다. 노마의 아파트도 탕노와 나의 관심을 끌지 못했다. 우리는 프런티어 게임 속으로 들어가 우리가 그토록 갖고 싶어했던 깜둥이 노예들이 인디오의 독침에 맞아 죽는 것을 그냥 바라보기만 했다. 카우보이모자를 쓴, 우리의 분신인 개척자들이 재규어와 아나콘다의 밥이 되는 것에도 아랑곳하지 않았다. 제초제를 뿌리지 않자 정글 속의 바나나 농장은 식물들의 역습을 받기 시작했다. 식물들은 돌이건 철근이건 시멘트건 닥치는 대로 먹어치웠다. 우리의 전초 기지는 열대림의 옛 사원들처럼 이끼와 숲으로 뒤덮였고, 마침내는 지도에서 영원히 사라지고 말았다. 모니터 속의 화면은 초록색으로 통일되었다.

우리는 비로소 안도의 숨을 내쉬며 컴퓨터를 껐다.

효석 동자

삼 년 전의 일이다. 이 아이는 사원의 일주문 아래 버려진 채 발견되었다. 돌도 채 안 된 아주 어린 아이였다. 스님들은 당황했다. 나는 서둘러 신도들에게 연락을 취해 보라고 일렀다. 마침 신심이 깊은 보살 한 분이 이 어려운 일을 해결하겠다고 나섰다. 홀몸이던 보살은 아기 양육에 온 정성을 기울였다. 처음엔 집과 사원 사이를 오가며 아이를 보살폈지만 불편한 점이 이만저만이 아니었다. 그래서 결국은 요사채의 방 한 칸을 유모와 아이의 방으로 내주었다. 어느 날 아침 느닷없이 갓난아기가 생기더니 이 금녀(禁女)의 땅에 여인네가 드는 이변이 생긴 것이다. 스님들은 '당분간'이라는 단서를 붙였다. 하지만 유모가 없어도 될 만큼 아이가 자라자 둘 사이를 떼어놓을 수 없는 지경에 이르고 말았다. 둘 다 내보내든지 함께 기거하는 수밖에 없었다. 그리하여 그녀는 지금까지도 공양주로서 절간의 부엌살림을 도맡아 하게 되었고, 가사와 노동에 이르기까지 자급자족하기로 했던 사원의 규칙은 한 걸음 양보하지 않을 수가 없었다.

　이렇게 하자 저렇게 하자 나선 적은 없었지만 그래도 나는 내심 기분이 좋았다. 지금은 잘 기억이 나지 않는 어린 시절의 내 모습을 엿보는 듯해서였다. '야카'라는 별명이 붙을 정도로 성미가 사나웠던 나와는 달리 이 아이는 사뭇 낙천적이다. 별로 우는 일도 없다. 강보에 싸였을 때부터 스님들을 보면 방긋방긋 웃음을 지었다. 때문에 스님들은 노스님께 문안을 드리러 가진 않을지언정 아이만은 매일매일 친견한다는 후문이 들릴 정도였다. 그 바쁜 와중에도 말이다.

　정식 법명은 아니지만 나는 아이에게 '효석'이라는 이름을 지어주었다. 평소에 내가 존경하던 원효 스님으로부터 '효(曉)'자를 따오고, 거기다가 클 '석(碩)'자를 붙였다. '큰 새벽', '큰 깨달음' 정도의 뜻이랄까.

　사월 초파일 연등 법회 때 그 많은 연등들이 온 누리를 밝히고 있음에도 불구하고 음력 팔일의 초승달에 눈길을 주는 녀석을 보노라면 참 신기하다는 생각이 든다. 절에 온 지 삼 년이 넘었고 녀석의 나이도 네 돌이 지났을 법한데, 아직도 적적하면 오른쪽 엄지손가락을 빨아대니 안쓰럽기 그지없다. 자기 전엔 더더욱 심해 손가락이 유일한 자장가다. 잠이 들었을 때라도 손가락을 빼주려 하면(그건 전적으로 치과 의사의 조언 때문인

데, 나이가 들어서도 손을 빨면 치열에 문제가 생긴다는 것이다.) 완강하게 저항을 한다. 결국엔 내버려두는 수밖에 도리가 없다.

작년 칠월의 어느 아침이었던가. 벌거벗은 채 조오로를 들고 화분에 물을 주던 아이의 모습이 떠오른다. 화창한 아침. 알몸의 아이. 물을 흠뻑 머금은 화분들. 나는 그 풍경에 경배를 올린다.

며칠 전 숲으로 산책을 갔을 때의 일이다. 문득 녀석이 나에게 물었다.

"스님, 누가 만든 거예요?"

"뭘 말이냐?"

"누가 효석이를 만들었냐고요."

세상 문법에 맞지 않는 아이의 어법인지라 나는 귀찮기도 하고 조금 긴장이 되기도 했다. 그래서 아무렇지도 않다는 투로 되물어 보았다.

"지금 무얼 말하는 거냐?"

"스님하고 효석이를 누가 만들었냐고요!"

녀석은 거침이 없었다. 나는 내심 불안해져 딴청을 부렸다.

"글쎄다. 앞에 보이는 이 늙은 떡갈나무가 만들었을까?"

"아녜요."

녀석의 확고부동한 대답.

"그러면 부처님이?"

"아녜요."

"그럼 너의 보살님이?"

"아녜요."

나의 예측은 계속 어긋났다. 마침 나무 위를 나는 까치가 눈에 띄었다. 나는 장난기가 동해 되는 대로 물었다.

"그럼 까치가 그랬을까?"

"아녜요."

나는 지치는 기분이었다. 그래서 이렇게 물었다.

"그럼 누가 만들었는데?"

"아무도 만든 게 아녜요."

아이의 대답은 이상할 정도로 확신에 차 있었다. 나는 은근히 떠보고 싶은 마음에서 물었다.

"그러면?"

"그냥 이렇게 된 거예요."

나는 할 말을 잃었다. 그냥 이렇게 된 것이라……. 세상에, 이게 다섯 살 먹은 아이의 입에서 나올 말이란 말인가. 나는 슬며시 녀석에게 눈길을 던져보았다. 효석은 아무 일도 없었다는 듯 삭정이 하나를 주워 이리저리 휘두르며 숲길을 걷고 있었다. 시냇가에서 잠시 쉬게 되었을 때 나는 둥글레와 은방울꽃을 보며 다시 한번 운을 띄워보았다.

"효석아!"

"네."

"그럼 이 꽃들은 누가 만들었을까?"

"만든 게 아니에요. 그냥 이렇게 된 거예요."

녀석의 대답은 한결같았다. 그냥 이렇게 된 자연. 그리고 생명. 아이는 누구보다 분명히 그것을 알고 있었다. 내일 당장 그 사실을 잊을지언정.

나는 이 아이를 나에게 가져다준 인연에 감사를 드리고 싶다. 이런 말은 쑥스럽지만, 어린 시절의 나 역시 탄해 스님에게 이만큼 값진 존재였을까 문득 묻고 싶어진다. 효석 동자.

이곳에서 살기 위하여

아침에 방문을 여니 마당 빨랫줄 위에 제비 새끼 세 마리가 나란히 앉아 있는 것이 보였다. 그렇다. 제비는 번식에 성공한 것이다. 그것도 세 마리씩이나. 올해 처음으로 날아든 제비가 번식에 성공했다는 사실은 시사

186

하는 바가 크다. 무엇보다, 탄해 스님 때부터 추진해
온 황무지의 녹화 사업이 어느 정도 실효를 거두고 있
다는 점을 들 수 있다. 또한 사원 숲의 생태계가 건강
을 되찾고 있다는 점. 물론 속단할 일은 아니다. 식물
들의 영토에 녹색 영공권과 영류권을 주어 그 주권이
침해받지 않도록 꾸준히 배려해야만 한다. 그러기 위해
서는 좀 더 넓고 튼튼한 식물들의 성읍과 성곽이 필요
하다.

아침에 본 제비들은 하루 종일 내 마음을 기쁘게 했
다. 아직은 빛깔이 선연치 못한 부얼부얼한 털에 제비
특유의 가랑이진 꼬리가 채 다듬어지지 않은 것이 크기
와 생김새로 보자면 참새나 박새처럼 보이지만, 꽁지를
까부는 법 없이 유연하게 선회하는 모습은 활강과 저공
비행의 명수다운 데가 있었다. 새끼들은 잠시 마당을
떠났다가 내가 우물가에서 빨래를 하고 있으려니까 머
리 위 전깃줄에 날아와 앉았다. 하늘을 올려다보니 높
은 상공에선 어미 새가 쏜살같이 날며 먹이를 찾고 있
었다. 잠시 후 어미 새는 마당으로 날아와 새끼 새의
입 안에 먹이를 물어주곤 날개 한번 접지 않고 도로 날
아가 버렸다.

결코 잠드는 법 없는 저 빛나는 눈들. 호기심으로 가
득 찬 명민한 고갯짓들. 믿음과 도약으로 세상을 느끼

며 준비하는 몸가짐들. 탱자나무 가시 같은 부리와 가느다란 발가락들. 불안과 사랑과 보살핌으로 길러진 오동통한 몸통들······.

철웅 스님이 뇌졸중으로 쓰러지신 지도 두 달 가까이 되었다. 거기다가 노인성 치매까지 겹쳐 사람을 전혀 알아보지 못하신다. 딱한 일이다. 그 호방하고 강단진 분이 몸져누우셨으니 암만 의식이 흐리다지만 견딜 일이겠는가. 그런데 한 가지 특기할 사항은, 그분이 나만은 어떻게 알아보시고선 볼 때마다 "야카, 네 이놈 야카야!" 하고 호통을 치신다는 점이다. 이 얼마나 황당한 일인가. '지운'이라는 법명을 갖게 된 뒤로는 나만이 추억 속에 간직하고 있는 아명(兒名)을 저 노인네가 기억을 하시다니. 젊은 스님들은 영문을 몰라 멀뚱멀뚱 내 얼굴만 쳐다본다. 나도 멋쩍어 머쓱해 있노라면 스님은 더더욱 호기롭게 소리쳐대는 것이었다.

"네 이놈, 야카! 이 두절개 같은 놈아!"

제비 새끼들이 떠났다.
그해 가을 그도 떠났다.
떠돌이 사내는 여름 내내 황무지를 녹지로 가꾸는 일에 혼신의 힘을 기울였다. 여름의 땀은 작황이 좋지 않았다. 날씨가 나빴고 식물들은 뿌리를 내리지 못했다. 내년 봄엔 내 정원도 하나 가꾸어주겠다던 약속을 지키지 못해 사내는 못내 안타까워했다. 대신 그는 내게 씨앗이 든 봉지 하나를 건네주며 그것을 심고 가꾸는 방법을 알려주었다. 올 한 해 동안의 경험을 통해 이 고장의 풍토에 맞는 씨앗이 무엇인지 알게 되었다고 말했다. 그리고 이 씨앗들이면 결코 실패하는 일이 없을 거라고.

어느 날 갑자기 그는 사라졌다. 아무도 그가 떠난 것을 알아채지 못했다. 며칠이 지나고서야 사람들은 그가 없어졌다는 것을 알았다. 그는 떠난 것이 아니라 증발해 버린 듯했다. 그로부터 얼마 뒤 우리는 노마가 사라졌다는 것을 알게 되었다. 그 사실은 실종 신고를 한 노마의 아버지가 경찰관과 함께 사원을 찾아오면서 비로소 알려졌다. 나와 탕노는 영문도 모르는 채 노마 아버지의 분노와 닦달에 귀가 멍해지도록 시달려야만 했다. 떠돌이 사내와 노마의 증발이 시기적으로 일치한다는 점 외에는 그 둘을 하나의 사건으로 엮어 생각하는 데에는 다소 무리가 있었다. 그 사건은 곧 잊혀졌다.

그러나 나는 잊을 수가 없었다. 탕노 또한 그러했다. 우리는 만나면 그들의 떠남을 두고 온갖 감정과 상상을 섞어 이야기를 나누곤 했다. 끝내는 '왜 내가 아니고 노마란 말인가?'라는 시샘 어린 서운함으로 귀결되곤 했지만, 그들의 여행을 생각하는 우리의 머릿속에는 백옥의 구름이 뭉게뭉게 피어오르곤 했다.

새로운 땅을 찾아가는 그가 왔던 길을 되돌아갔을 리는 없었다. 때문에 우리는 그가 이곳에 올 때 택했던 육로를 버리고 바닷길을 선택했으리라고 생각했다. 그렇다면 그는 바다를 어떻게 건너갔을까? 떠돌이 사내는 우리에게 늘 이렇게 말하곤 했었다. "위대한 여행자인 씨앗은 세상 어디든 갈 수가 있단다. 그들은 도보 수행승과 같지."

우리는 그가 들려준 씨앗 이야기를 토대로 멋진 꿈을 꾸었다. 우리는 생각했다. 그가 코코넛 같은 열매의 속을 파내고 그 속에 들어가, 갓 싹을 틔운 야자나무 첫 줄기를 돛대 삼아 바다를 건너갔으리라고. 아니면, 민들레 씨앗이나 왕버섯의 홀씨들을 애드벌룬처럼 엮어 그걸 타고서 하늘을 날아갔으리라고. 그러한 상상은 우리를 황홀하게 하는 만큼 슬프게도 했다. 우리는 떠나지 못하고 있었기 때문이었다.

지금도 나는 이따금 그가 왜 노마를 데리고 떠났는지 의아해질 때가 있다. 그 욕심 많고 젠체하길 좋아하며 천진난만할 정도로 자기중심적이던 아이를. 그가 나를 택할 수는 없었던 것일까? 아니면, 탕노를? 만약 그가 나를 택했더라면……?

그 무렵 내가 노마를 진심으로 부러워했던 것은 사실이다. 나는 고로쇠나무 껍질 걸망을 멘 그 떠돌이 사내의 길동무가 되고 싶었었다. 세상 모든 곳에 씨앗을 뿌리고 하늘에까지 닿는 나무를 타고서 태양의 나라로 가고 싶었었다. 하지만, 이제는 안다. 그가 나를 이 고장에 한 알의 씨앗으로 심어주고 갔음을. 이곳, 바로 이곳에서 태양의 나라를 가꾸어야 한다는 것을 가르쳐주고 갔음을.

사랑의 수혜자는 사랑하는 사람이다

햇빛, 햇빛이다. 푸른 풀밭, 푸른 숲 위로 쏟아져 내리는 빛. 만져지지 않는 이 무형의 황금빛 과즙. 서서히 안개가 걷힌다. 구름이 드러난다. 구름들 사이로 마치 양동이로 쏟아 붓듯 굵은 햇발이 쏟아진다. 저 찬란한 빛 웅덩이들. 구름은 움직이고, 그와 함께 빛 또한 움직인다. 어떤 곳에서는 웅덩이가 연못으로 바뀐다. 빛의 광맥과 황금빛 수맥들이 드러난다. 산 아래에 인공으로 조성한 호수에 닿자 빛은 혈(穴)이 터지듯이 폭발한다. 구름들은 서로를 떠밀면서 태양을 가리지만,

태양은 그 뭉클뭉클하고 다육질인 어깨들을 살갑게 어루만져준다. 여기저기 흥건한 구름 그림자들이 숲을 파르스름하게 적신다. 골짜기에서는 안개가 피어오르고, 그 또한 햇살에 물들면 얇은 옷감 같은 가만한 두근거림에 몸을 떤다.

그가 떠나고 이듬해, 나는 처음으로 장미꽃을 보았다. 검붉은 장미. 그 꽃을 본 순간 나는 나도 모르게 뒷걸음질을 쳤다. 나는 사원으로 달아났다. 이튿날 나는 다시 그곳으로 갔다. 꽃봉오리는 더욱 커져 있었다. 사원에서는 범종 소리가 울리고 있었다. 온몸의 혈관이 팽팽해졌다. 장미는 꽃봉오리를 열기 시작했다. 해가 지고 법당의 예불 소리가 그치고 어둠이 내리자 꽃은 만개했고, 밤의 뜨락이 환해졌다. 그것은 출혈이었다. 내 몸 안의 선혈이었다. 나는 그것을 보았다. 나의 놀라움과 두려움의 근원을. 내 맥박과 성장기의 흉몽과, 한밤중에도 숨을 멈추지 않는 생명이 더는 나를 두렵게 하지 않았다. 나는 아홉 살이었다. 나는 내가 온 곳과 내가 갈 곳에 대한 심려의 어깨 짐을 가만히 내려놓았다.

떠돌이 사내가 떠나고 많이 울었던 기억이 난다. 그럴 때면 나는 그의 비밀 정원으로 달려가곤 했다. 나는 몹시 외로웠다. 처음으로, 내게도 엄마와 아버지가 있었을까, 그런 생각도 해보았다. 나는 그가 건네주고 간 씨앗 봉지를 만지작거렸다. 그러던 어느 날 장미꽃이 피었다.

장미는 쉴 새 없이 피었다. 한 송이가 한 번 피는 것이 아니라 매일 매일, 시간 시간마다 피었다. 끊임없이, 새롭게 피었다. 수십 송이의 장미가 그렇게 피어나는 것에 가위눌리는 기분이었다.

어느 날 탄해 스님이 그곳으로 오셨다.

"스님, 보세요!"

스님은 그 꽃들을 돌아보곤 가만히 두 손을 모았다.

"스님, 그는 마술사였을까요?"

왠지 모를 안타까움에 나는 불현듯 이런 물음을 던져보았다. 스님은 눈과 입 언저리의 주름만으로 미소를 지었다.

"왜 그렇게 생각하지?"

"그가 피운 이 꽃들을 보세요. 그가 가꾼 정원과 숲을. 그가 바이올린을 켜면 싹이 돋고 꽃이 피죠."

"마술사라면…… 그건 나쁜 사람일까?"

"아뇨. 그럴 것 같진 않아요."

"그래, 어쩌면 그는 마술사였는지도 몰라. 그는 영혼의 눈을 가지고 있었으니까."

"영혼의 눈이라뇨?"

"보이지 않는 것을 볼 수 있는 눈이지. 관찰이 아니라 이해의 눈, 비밀을 꿰뚫어보는 눈. 두 눈 사이 이마 위에서 싹터 오르는 세 번째 눈이지. 그 눈으로 보면 사물은 다른 모양을 갖는단다. 이 장미꽃을 보렴. 겹겹으로 에둘린 꽃잎들은 소용돌이 모양을 띠고 있어. 그것은 안에서 밖으로 꽃을 피워내며 움직이고 있지만, 영혼의 눈으로 보면 소용돌이의 중심에서 또 다른 소용돌이가 시작되어 밖에서 안으로 욱여 파듯 맥놀이 치고 있음을 알게 되지. 그 소용돌이는 줄기를 타고 뿌리에 닿아 땅을 움직일 수 있을 정도란다. 속삭임, 속삭임으로 말이다. 또한 꽃의 가장 바깥에서 귓불 넓은 귀처럼 펼쳐진 큰 꽃잎들은 언제든지 나비가 되어 공기 속 먼 곳까지 꽃의 정기를 실어 나를 준비를 하고 있지."

스님은 장미의 꽃잎을 어루만지던 손을 놓았다.

"그는 누구보다 그 사실을 잘 알고 있었어. 그건 그가 그만큼 씨앗들에 깊은 관심을 가지고 있었기 때문이야. 꽃들을 유심히 잘 보도록 해라. 꽃잎들의 배치, 꽃차례, 암술을 에워싼 수술들의 정교한 원무, 꽃이 진 뒤 꽃받침에 연결되어 씨방 속에 마지막 힘을 쏟아 붓는 암술의 산욕, 그리하여 마침내 탄생하는 씨앗들의 놀라운 자태를. 마술, 마법이란 다름 아닌 자연 속에 있는 길을 뜻하지. 깨달음 또한 그와 다를 바가 없어.

불가사의한 일, 이변, 기적은 자연의 길에서 마주치게
되는 물리적이고 가시적인 현상들일 뿐이야."

그렇다. 이것은 기적이 아니다. 이 태양, 이 숲은 기
적이 아니다. 나는 믿어 의심하지 않는다. 식물은 물을
끌어 모으듯이 불 또한 강한 힘으로 끌어당긴다는 것
을. 식물은 하늘의 비와 땅속의 물을 빨아 당긴다. 땅
위로 비를 내려오게 하고, 흘러가 버리는 물줄기들을
머무르게 한다. 그와 마찬가지로 식물은 하늘의 불과
땅의 열을 모은다. 또한 나는 믿는다. 나무는 태양을
끌어당긴다. 태양은 나무를 사랑하기 때문이다. 푸른
잎, 식물의 엽록소, 각양각색의 꽃과 열매들은 태양의
사랑과, 그것을 찬미하는 식물의 결실이다. 나무와 태
양 사이의 만유인력. 그것은 사랑의 인력이다. 옛사람
들은 포도주가 익을 때 그 발효하는 힘이 태양을 지상
으로 끌어당겨 겨우내 잠자던 대지를 깨운다고 믿었다.
포도나무의 열매가 그러할진대 포도나무가 싹을 틔우고
넘실거리는 덩굴을 뻗고 꽃을 피울 때를 생각해 보라.
태양은 자신을 영접하기 위해 손꼽아 기다리는 식물의
갈증을 결코 외면하지 않는다. 왜냐하면 사랑의 최대
수혜자는 사랑을 받는 자가 아니라 사랑을 주는 자이기
때문이다. 사랑을 받아주는 이에 대한 감사. 인간의 역

사에서 가장 부족했던 것은 바로 이것이다. 사랑하는 자가 아니라 사랑을 받아주는 자가 부족했던 것이다. 받아줌에 대한 감사가 부족했던 것이다. 태양이 햇빛의 수혜자인 숲에 의해 더욱 빛나는 의미를 생각해 보아야 한다.

그렇다. 이 햇빛은 축복이다. 푸른 풀밭, 푸른 숲 위로 쏟아지는 빛. 만져지지 않는 이 무형의 황금빛 과즙은 축복이다. 그리고 모든 축복은 마땅히 그러하기 때문에 비롯된다. 이것은 기적이 아니다. 은혜가 아니다. 그렇지만 아무려면 어떠랴. 기쁨으로 가득 찬, 아주 경건한 축제가 우리를 기다리고 있으니.

숲에서 올리는 미사

바흐의 미사 B단조는 이제 「베네딕투스」를 지나 「호산나」로 이어지고 있다. '주의 이름으로 오시는 이', 그리고 '이제 우리를 구하옵소서'. 남은 곡은 「아뉴스 데이」, '신의 어린 양'이다.

속죄양으로 널리 알려진 희생 제의는 재생과 부활을 위한 제의로서 세계의 거의 모든 지역에서 발견되고 있다. 프랑스의 민속학자 마르셀 모스의 다음과 같은 글을 떠올려본다. "희생은 부차적인 결과를 갖고 있는데, 신성의 창조는 그에 앞선 희생들의 결과이다."

여기에서 종교의 기원을 찾는 것은 다른 사람들의 몫일 것이다. 나는 다만 한 알의 씨앗으로 왔던 이들의 죽음을 생각한다. "정말 잘 들어두어라. 밀알 하나가 땅에 떨어져 죽지 않으면……" 하지만 그들은 죽었고, 이 땅의 풍요와 아름다움은 그리한 죽음들의 결과이다. 그래서 나는 '주의 이름으로 오시는 이(Benedictus qui venit……)'를 '씨앗의 이름으로 오시는 이'로 즐겨 오독하곤 한다.

숲은 신에게 올린 최초의 미사가 아니었을까?

자연이 입술 없는 함성으로 속삭이는 현실, 바로 그 현실을 나는 작품 속에 담고 싶었다. 아름다움을 아름다움으로써 말하는 것. 아름다움의 밑그림, 상대성, 이원론 따위는 집어치우고, 우리에게 절대적으로 부족한 그 가치, 우리에게 절대적으로 결여된 미의식, 우리를 움켜쥐고 있는 현실과 사실을 뛰어넘어 아름다움으로 하여금 아름다움을 말하게 하는 것. 아름다움에 이르는 길, 아름다움을 채굴하는 도구, 아름다움을 초혼(招魂)하는 기도로서 아름다움을 사용하는 것. 그것이 나의 의도였고, 이 작품에 있어서의 유일한 형식이었다.

작업을 하면서 나는 나 자신에게 거듭 속삭였다——
충분히 아름답지 않은가, 이 세계는. 충분히 향유하지
않았던가, 대지의 아름다움을. 만성 우울과 기력 상실
과 욕망의 과부하로 난쟁이가 되고 관(冠)을 박탈당한
우리는, 우리의 의식은 과분함을 결핍으로 받아들인다.
단지 그뿐이다.

『씨앗』은 세 번째 결실이다. 이로써 나는 내 작업의
한 시기를 마무리 지을 수 있게 되었다. 『숲의 왕』에서
『씨앗』으로 이어진 여정을 돌이켜 보면, 나는 무던히도
한 테마에 매달려 있었던 것 같다. 집착이었을까? 아니
면, 절망적인 안타까움 때문이었을까? 나는 어디선가
이렇게 쓴 적이 있다. 사라지지 않는 것들을 피할 수
있는 유일한 방법은 그것들을 똑바로 마주 보는 것이라
고. 또 이렇게도 썼다. 이제 우리의 희망은 좀 더 철저
하게 절망적으로 되는 데 있다고. 절망보다 먼저 우리
가 절망을 보아야 한다고.

나의 첫 소설 『숲의 왕』이 현재의 시점에서 인류가

당면해 있는 생명의 문제를 다루고 있다면, 신화에 관한 에세이 『편도나무야, 나에게 신에 대해 이야기해다오』는 인간이 비롯되었던 발원지를 더듬어 우리의 무의식과 예술 속에서 살아 숨쉬고 있는 고대의 우주관과 생명관을 추적하고 있다. 이에 반해 『씨앗』의 시선은 미래로 향해 있다. 앞서의 두 작품이 담고 있는 주제를 포괄하되 그 문제를 지금으로부터 삼십 년에서 오십 년 앞선 시공에 던져 환상적인 이야기 속에 융해시켜 보았다. 마흔두 개의 짧은 장(章)들은 저마다 하나의 독립된 이야기로 존재하면서도 이어지는 이야기를 향해 열려 있다. 이와 같은 구조는 바흐의 모음곡이나 쇼팽의 「전주곡집」을 들을 때의 간결함과 통일성을 동시에 부여하고자 애썼던 부분이기도 하다.

작품을 끝내면서 문득 이런 생각이 엄습해 왔다―사랑한다면, 그렇다면 무너진다. 반드시 무너진다. 그러나 사랑하지 않는다면……, 사랑 없이는 어떤 것도 의미가 없다.

대지의 주님이신 나무, 우주나무는 말한다. "나는 삼

라만상에게 생명을 주는 나무이다."라고. 그리고 삼라
만상은 저마다 그 나무에게 화답한다. "나는 우주나무
에게 생명을 주는 존재이다."라고.

　주고받음으로 인한 상생(相生), 이것이 곧 낙원에서
의 삶이 아닐까?

　바흐의 미사곡은 끝나고 이제 내 귓전엔 또 다른 음
악이 울려 퍼지고 있다. 나무들의 미사, 숲의 미사, 대
지의 미사.

　날마다 이 땅이 올리는 숲의 미사를 신(神)은, 그리
고 우주의 삼라만상은 듣고 또 들었으리라.

2003년 2월
김영래

씨앗

1판 1쇄 찍음 2003년 2월 5일
1판 1쇄 펴냄 2003년 2월 10일

지은이 김영래
펴낸이 박맹호
펴낸곳 (주) 민음사

출판등록 1966년 5월 19일 (제16-490호)
서울 강남구 신사동 506 강남출판문화센터 5층 (135-887)
대표전화 515-2000 / 팩시밀리 515-2007
www.minumsa.com

값 7,500원

ISBN 89-374-8008-5 03810